Orange
橘子洲

있는 그대로의 나를 믿고 사랑하며 사는
당당하고 멋진 그대에게!

박범신

小雀斑和豆饼脸

깨소금과
옥떨메

〔韩〕朴范信 著
宋筱茜 译

江苏凤凰文艺出版社
JIANGSU PHOENIX LITERATURE AND ART PUBLISHING

图书在版编目（CIP）数据
小雀斑和豆饼脸 /（韩）朴范信著 ; 宋筱茜译.
南京 : 江苏凤凰文艺出版社, 2025. 5. -- ISBN 978-7
-5594-8954-8
Ⅰ. I312.645
中国国家版本馆CIP数据核字第202599KY53号

江苏省版权局著作权合同登记号：10–2024–142 号
저자 / 作者：朴范信

小雀斑和豆饼脸

（韩）朴范信著； 宋筱茜译

出　　品	橘子洲文化
责任编辑	耿少萍
特约编辑	苹　果
责任印制	杨　丹
出版发行	江苏凤凰文艺出版社
	南京市中央路 165 号，邮编：210009
网　　址	http://www.jswenyi.com
印　　刷	三河市国新印装有限公司
开　　本	787mm × 1092mm 1/32
印　　张	8.75
字　　数	167 千字
版　　次	2025 年 5 月第 1 版
印　　次	2025 年 5 月第 1 次印刷
书　　号	ISBN 978–7–5594–8954–8
定　　价	49.00 元

江苏凤凰文艺版图书凡印刷、装订错误，可向出版社调换，联系电话 025–83280257

目录

CONTENTS

CONTENTS | 目录

第一章

天生有缘

只要是珠利和公珠所经之处，
就没有一天消停的日子。

卜珠利是S女子高中的高一学生。不过，比起她的大名来，她的外号“小雀斑”更广为人知——这都是拜她鼻梁上星星点点、好似撒了胡椒粉的雀斑所赐。

只要是S女高的学生，就算不知道“卜珠利”是何许人也，也一定认识“小雀斑”。别看她胆子大，做事风风火火的，好像个野丫头，可沉稳起来，她也有石头般稳重可靠的一面。这么一个人，自然名声在外。不过，开学才三个月，她就成了全校皆知的大名人，其中另有一番缘由。

故事要从新生开学典礼时说起。

通过联考[①]的学生，每个人都遵循着电脑派定的命运来到新的班级。不知怎么（其实是因为她被分到了一班，而她又自告奋勇要发言）珠利就成了新生代表，要代表大家宣读誓词。

“我宣誓，成为有着光荣传统的S女子高中的学生后，我将严格遵守校规校纪，努力学习，认真履行对学校应尽的一切义务，不仅如此……”

卜珠利举起右手，流畅地朗读着誓词，没有一丝磕绊，声音清脆澄澈。礼堂里的气氛甚至比“三一节”[②]纪念大会还要严肃。然而，问题就出在誓词的最后一部分。俗话不是说嘛，九十九拜都拜了，就差那最后一哆嗦。这天卜珠利岂止是差了一哆嗦，简直是在最后一拜的时候跳起了霹雳舞。

“宣誓人：新生代表小雀斑。”

她就这么念了出来。

其实，直到这个时候问题还不大。“小雀斑”这个名字

---

① 译者注：“联考”是韩国带有选拔性质的高中入学考试。随着适龄考生人数减少，该考试已于2018年正式废止。

② 译者注：为纪念爆发于1919年3月1日反对日本殖民统治的独立运动，每年三月一日被定为韩国“独立日”，又称“三一节”，为韩国五大国庆日之一。

太奇怪了，大家虽然有点儿摸不着头脑，但在严肃气氛的重压之下，没人敢笑出声来。可不知是由于这个低级错误导致慌了神，还是为人过于耿直，卜珠利嘴里突然蹦出了以下这句结束语。

“小雀斑是我的外号，其实我叫卜珠利。”

开学典礼立刻变成了欢笑的海洋，卜珠利一战成名。

但你可千万别觉得卜珠利是个“丑女孩”。恰恰相反，珠利称得上漂亮：不用花钱做就有的天然双眼皮，高挺的鼻梁，笑起来赏心悦目的小酒窝。雀斑反而给珠利这张标致的脸蛋平添了几分健康、俏皮。再加上她一米六三的身高和四十六公斤的体重，怎么看都标准得不得了。学习成绩虽说不算优异，但也从来没掉出过中游以下。

尽管长了一副模范生的好模样，珠利做的事却有些不着调。

有一次，班主任老师“安东尼·奎恩”针对“知识就是力量”发表了一番高谈阔论。（班主任教语文，人很瘦，个子又高，总是驼着背。所以大家都叫他“巴黎圣母院的卡西莫多”，珠利觉得外号得简洁点儿，就给他改成了“安东尼·奎恩”，因为演员安东尼·奎恩在《钟楼驼侠》里演的就是卡西莫多。）“奎恩”老师说的字字句句都正确无比，语调铿锵有力。中间有那么几段，就算顽石听了也不可能不动容。

这时，卜珠利猛地举起了手。

“老师，我有个问题。”

“嗯，快说。”

“大黄牛是有力量，还是没力量？”

“黄牛？当……当然是有力量了。”

“那黄牛懂得很多知识吗？”

“奎恩”老师涨红了脸，珠利却像没看见，满脸真诚地问道。

这还不算完。

又有一次，教历史的“斜耳朵”老师正在讲中国“辽朝”的灭亡。（历史老师五十多岁，年纪大了耳背，总是听不清学生说什么。“斜耳朵”也是珠利给他安上的外号。）

珠利本就爱打瞌睡，岂有放过历史课不睡的道理。一开始她还保持着默哀的姿势，安安静静地闭着眼，过了一会儿就渐渐做起了点头运动。历史老师只是耳朵有问题，又不是眼睛也坏了，当然不可能放过她。轻手轻脚地走到珠利面前，历史老师的手啪的一声拍在了她的桌子上。

“卜珠利，回答问题！”

“好的，老师！”

“中国的辽朝是被谁给灭掉的？”

“辽朝……”

"别磨磨蹭蹭的！"

"斜耳朵"老师的声音一下提高了八度。

"辽朝……鸟巢是被抓鸟的给灭掉的。"

珠利回答得理直气壮。无论何时，每当遇到困难，珠利都会大着胆子，坦坦荡荡地用她的逻辑解决问题，这是她的性格使然。想想也是，"鸟巢"不都是被抓鸟的人捅掉的嘛。这个回答实在太出乎意料，又十分机智，连严肃的"斜耳朵"老师都给逗笑了。于是，那天卜珠利没挨一句批评，顺利过关。

然而，这种程度的古灵精怪还算不得什么。

不知那么多的鬼主意都是从哪里冒出来的，珠利淘气的方式可谓多姿多彩、风格各异、花样百出。不对，"不知那么多的鬼主意都是从哪里冒出来的"，这句话还得改改。珠利认为，那些可不是什么"鬼主意"，而是她精妙的智慧。她也开诚布公地指出，不用怀疑她的智慧是"从哪里冒出来的"，就是从她鼻梁上的小雀斑里喷薄而出的。珠利的小雀斑可不是蠢物死物，而是一粒粒富有生命力的小芝麻，就是《阿里巴巴和四十大盗》里"芝麻开门"的那个"芝麻"。实乃妙计之锦囊，智慧之源泉，胆识与勇气皆出自其中。

那是开学还不到一个月时的事。有一天午休时间，校长正背着手优哉游哉地在走廊上走着，珠利突然跑到讲台上，提出了一个绝妙的好主意。

“各位，有谁敢去拥抱一下校长吗？”

班里爆发了哄堂大笑，却没一个人举手。校长可是全校一等一的年高德劭之人，训话时张口子曰闭口诗云，是个彻头彻尾的保守派。他重申了没有十遍也有二十遍：就算用不着“男女七岁不同席”，那也应该做到“男女十六岁不同席”。这样一位威严堂堂斯文赫赫的先生，作为他的女弟子，竟说出当众拥抱这种话，实在是千不该万不该。这种事绝无可能发生，万一发生了，“施抱者”毫无疑问会被严加惩戒、直接开除。然而，珠利似乎觉得不必担心这些，更加信誓旦旦地夸下了海口。

“我可以！”

一如往常，卜珠利看起来充满自信。

“小雀斑，就算是你，恐怕也做不到。”副班长智英开口反驳道。

“拿破仑说过，我的字典里没有‘不可能’！”

“你清醒点儿，你是小雀斑，不是拿破仑。”

“那当然了，我可比拿破仑个子高。”

“也比拿破仑能睡觉……”

智英的头发是自来卷，所以大家都不叫她的本名，只叫她的外号“泡面头”。副班长大人终究不肯放过珠利。

“打个赌吧。”

终于，珠利大声喊了出来。

“赌什么？”

“赌一个月的票花，怎么样？”

所谓“票花”，是指公交车的车票。一个月少说也有六十张，珠利这可是赌了个大的。而“泡面头”还是摇了摇脑袋。

“你如果输了，就放弃副班长的职务如何？”

“如果您老人家输了呢？”

“我又没有副班长这顶小小乌纱（指小肚鸡肠者戴的小帽子），只能押上这个了。”

珠利依旧事不关己般淡定自若。她摘下自己胸前的学生名牌，把它放在了讲台上。名牌的背面也用作学生证，押上学生证，意思是赌输了就退学。赌局一下子就升级了，感觉很不真实。可除了她们俩之外，五十八个学生都自愿成了证人，气氛也变得悲壮起来。

第二天无事发生。

星期四和星期五也安然度过。星期六的第一项日程是全校学生都要参加的早操。大家在操场上集合，出操的一个小时里，要做广播操，还要学一点儿简单的民族舞。珠利的学号是56号，自然排在后面。校长像每次早操时那样，背着手在早操队列的队尾踱来踱去。

“全身运动，一、二、三、四……”

广播操做到全身运动的时候，高一年级的队尾一时乱了阵型。珠利面色惨白地晕倒了。这一晕可不是普普通通的晕，就在不苟言笑的校长从她身旁经过的刹那，珠利像一根倒掉的柴火棍似的，直挺挺地朝着校长栽了下去。

校长下意识地用双手托住了晕倒的珠利，这场面真是精彩。大概是力气不够吧，校长吭哧吭哧地仿佛在托举着一块大石头，大吼着：“担架！担架！”他的屁股撅向天，眼镜滑下鼻梁，脖子上的青筋都凸了出来。

四个学生接过晕倒的珠利，把她抬到了阴凉处的长椅上，说巧不巧，其中一人就是副班长“泡面头”。直到被抬上长椅小心躺好，死死闭着眼的珠利这才睁开眼睛。

“看见了吧，我抱住了校长！”

“泡面头”这才意识到珠利是在演戏，不过赌局谁输谁赢还不好说。

“是校长抱住了你，又不是你抱住了校长。你们不是也看见了，珠利的两条胳膊都是耷拉下来的！”

对“泡面头”的反驳，五十八位证人没法给出一个明确的答复。不过，自此之后，校长多了一个外号，就叫“担架”。

珠利的死党里，有个名叫安公珠的女孩。取了个像是

“公主”的名字，似乎就应该有张精致面孔，由内而外散发出高贵气质。可按照这个逻辑，岂非说一句“胳膊都要断了”就得真的骨折好几次？

至于公珠的外号嘛，尽管她自称“公主”，但大家通常都叫她“豆饼脸”。所谓“豆饼脸”，是说她的脸好像“一块从房顶上掉下来的豆酱饼”。这本是安公珠给容貌欠佳的教官取的外号，可就像躺着吐口水，口水肯定会落到自己的脸上，这外号也落到了她自己头上。其实，只说“豆酱饼”就足以表达意思了，她偏要加上一个“从房顶上掉下来”的说明，对公珠而言实在是搬起石头砸了自己的脚。公珠还真弄掉过一块自家房顶上没干透的豆酱饼。捡起这块恰巧掉在院子里石子路上的豆酱饼，她气得怒发冲冠，拔剑四顾也找不到发泄对象，一时竟不知该说什么好。岂有此理，那块豆酱饼摔扁了，小石子嵌进了饼里，饼面坑坑洼洼的，粗糙非常，确实丑得没眼看。

其实吧，无论打分多松，公珠的脸都像是那块豆酱饼的表姐妹。让我们先来看看她的额头，光秃秃的大脑门，打个实际的比方，足有写字的垫板那么宽。头发也不知道洗没洗，总是直挺挺地竖着，活像根根铁丝。面颊越往下越宽，想要堵住她噘起的嘴，恐怕要塞进去一尺白布。这鼻子怎么也长得这么好呢？鼻梁虽高，可沿着鼻梁往下，那鼻尖是向里勾着的，鼻尖位置甚至比上翻的嘴唇还低。

只有一样例外，公珠脸上的那双眼睛还算看得过去。

对比那张占地面积又大肉又多的脸，她眼睛的大小和形状简直无懈可击。不用花一毛钱，她就拥有了最完美的纯天然双眼皮，眼睫毛也好长好长，一对瞳仁就像两汪清澈的湖水。

对了，还有一件值得炫耀的东西，那就是她后颈上的大痦子。如果你听到“痦子”就误会那东西长得很有碍观瞻，那我可要劝你注意言辞了。公珠的痦子不大不小，正好和樱桃一般大，可爱俏皮，小巧玲珑。朋友都叫它“樱桃”，而公珠本人则坚持使用“福桃”这个昵称。

上初一的时候，大家总是拿这东西开玩笑，还要上手摸。为此，公珠曾经求着妈妈带她去做手术。

“手术？哎哟，这可是福袋，怎么能割掉？瞎说什么胡话。你可记好了，你的福气全都装在这里面呢。”

“什么福气不福气的，连老师都来摸，还要笑我。丢死人了。”

“连老师都想来摸摸沾喜气，这不是福气又是什么？老师同学都喜欢你，这就是来自福袋的好运气，你这都不知道？”

的确如此。别说新结识的朋友了，就连老师都跃跃欲试想摸摸安公珠的这颗樱桃。

然而，这一切纯属无稽之谈。

铁齿直断这是一只福袋，就能任人随便摸了？现在，公珠上了高中，留长了头发，挡住了这颗樱桃。可她陷入了一种错觉，好像有一根小小的魔法棒藏在那里面，冷不丁就会挥舞着念上一句“金子金子快出来”。如果雀斑是珠利的“福斑”，是她智慧的源泉，那么“樱桃”就是公珠的智慧之源、幸福之本。

不过，让公珠被人叫成“豆饼脸”的罪魁祸首，并不只是她的容貌和那颗小痦子，她的身材也出了一份力。若是占地面积大就有罪，那她可谓罪大恶极。公珠不光脸大，身材也是横着比竖着还宽。身高只有一米五一，胸围却是差两厘米就到一米了。毫不夸张地说，无论她是侧躺着还是站着，高度都差不了多少。如此这般，叫她“大胖墩”也好，“米其林”也罢，何苦偏偏要叫“豆饼脸”？看看她的眼睛吧，豆酱饼子上怎会生出如此一双妙目？

但这样的抱怨里，其实也掺杂着公珠故作姿态的小心思。

一开始，别人叫她“豆饼脸”，她还很难过，咬牙切齿、怨愤不平、心痛欲绝。可渐渐地，她对这个外号生出了感情。不管意思多糟糕，“豆饼脸”这个外号给她的感觉就像一支珍藏多年的钢笔。最重要的是，出了校门叫一声“豆饼脸”，别人都不知道是什么意思，不错，不错。于是，如果你叫她“大胖墩”，公珠会生气。但若叫一声“豆饼脸”，她甚至还会咧开河马般的大嘴嘻嘻地笑。

如此截然不同的公珠和珠利结为死党，每天形影不离，自然成了学校内外热议的话题。两人往那里一站，让人不由得联想到汽油桶和棒槌。珠利高挑苗条，是捣米糕的棒槌；公珠没有腰，一味地“横向发展”，她不是汽油桶又有谁是呢？不过，这两人的共同点还是很多的。比如都很淘气，名字里都有一个“珠”字，都胆子大，神经都相当大条……珠利自称“最强大脑”，公珠自诩“无脑行动派”，可谓珠联璧合，真乃天生一对地配一双。

关注人性的作家李光洙[①]很早以前就指出了这一点。

“只要是有生命的活物，便没有绝对的安全。于飞虫，有蜘蛛的罗网；于走兽，有猎手的箭矢。所谓缘分者，亦复如是。没人可以躲开注定的那一箭。想要躲开，上善之法是彻底了结因果，全不与人结缘。而心思纯净地纳悦已结下的缘分，则是次善之道。”

“小雀斑”卜珠利和“豆饼脸”安公珠恰如春园先生的嫡传弟子一般，以纯净之心，结下了这一段善缘。自从她二人结为好友，哎哟哟，无论是校内还是校外，只要是珠利和公珠所经之处，就没有一天消停的日子了。

① 译者注：李光洙（1892—1950），号春园，韩国近代作家，代表作有《无情》《泥土》等，在韩国文学史中地位崇高。

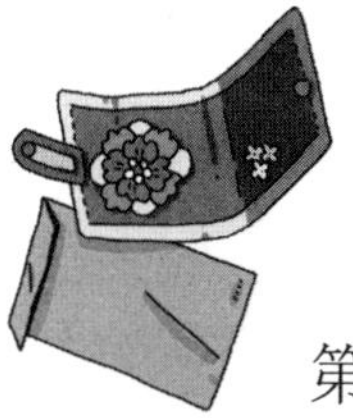

第二章

洛基山之鹰

一只老鹰而已，
怎么可能全知全能？

学校里新来了一位美术老师。

“小雀斑，小雀斑！”

午休时间，公珠钟摆似的晃动着她那癞蛤蟆一般的身躯，走进了教室。

“小雀斑还没断气呢，你激动个什么劲儿？”

“就是的说，我那什么……我又有希望了的说！”

如果公珠每句话结尾都要频繁地加上“的说”两个字，

而每句话的开头都是“那什么”，就很容易猜出她接下来要说的内容——不过就是她的体重掉了一百五十克，或者是有个长得不错的男生在公交车上帮她拎了下书包这种事吧。她敏感的小小心灵可真是和她的体格不甚相符。

三月的时候也是这样。有人在校门口使出吃奶的力气喊她的名字，“小雀斑”卜珠利闻声回头，只见公珠满头大汗气喘吁吁地跑了过来。

“那什么，在公交车上的说。那什么，我差点儿晕过去！”

“晕？”

“就是的说，有个男生帮我拿书包的说。就是那什么，那个朱利安的说，朱利安。”

“你说你……当时拿着朱利安的石膏像？”

“哎呀，烦死了。你怎么一点儿都不开窍？是那个男生的说，那什么，他超级像朱利安石膏像的说。他一直对我笑，看来他对我有意思。”

公珠的目光依旧透着恍惚，她羞涩地笑着，连耳根子和“福桃”都羞红了。虽然那个长得像朱利安石膏像的男生看着公珠笑，毫无疑问是在笑她怎么像个汽油桶，但公珠对此毫无判断力。

更重要的是，此刻公珠手里并没有拎着书包。像朱利安的男生帮她拎过的宝贝包包不见了，她手里单拎着书包的提手，还在那里一晃一晃的。哎哟哟，拼命挤下满满当当的公交车，也不知是被谁的大腿、谁的屁股夹住，提手下面的搭扣开了，书包落了个身首分离的下场。话虽如此，公珠依旧沉醉在朱利安的微笑中，手里紧紧攥着书包提手，仍然处于“心潮澎湃久久无法平静”的状态。

“哦，所以你就把书包给朱利安了？”珠利若无其事地问道。公珠这才发现书包的本体不见了，可她一点儿也不慌。

“车上那么挤，这也在所难免嘛。朱利安一定会来把书包还给我的。书上写着我的学校和名字，这样岂非更妙？”

神经大条浑不在意，反而还多了一件值得期待的事，这就是公珠的优点。若说一个大雷劈下来，她连眼睛都不眨一下，那肯定是在说假话。不过，如果面前有条地缝，公珠不会因为害怕害羞就钻进去，反而会说“我怎么能躲到那种地方去”，保持应有的体面，承受着现实。不过，还没到午休时间，公珠的希望就随着一个抱着书包的老太太出现在面前而化为泡影。自那之后，珠利就不怎么把公珠以“那什么”开头、以“的说”结尾说出的话当成一回事了。

现在也一样。

公珠还在粗声粗气地喊着“我现在也有希望了”。珠利却一边看小说《红字》，一边心不在焉地应付着她。

“教美术的那个‘五豆饼’老师的说……”

公珠把重音放在了“五豆饼”三个字上。

除了公珠之外，全校被叫作豆饼的其实还有两个人。一个是教官“十豆饼”，另一个就是美术老师“五豆饼”。“十豆饼”的意思是“从十层楼上掉下来的豆酱饼”，“五豆饼”自然就是“从五层楼上掉下来的豆酱饼”了。“五豆饼”虽然略微比“十豆饼”强上那么一点点，但既然都是豆饼，也就不必五十步笑百步了。可公珠还是固执地认为，无论是“五豆饼”还是“十豆饼”，都比她要糟糕，因为她是从“房顶”上掉下来的。所谓“房顶”，本来从二层到十层、二十层都是有可能的，公珠却认为“房顶”仅指二层。这也成了她比较级理论的依据。

“那什么，不是说那位老小姐要嫁人了吗？”

“嫁人？”

“办公室里贴着请帖的说。”

“这和你有没有希望有什么关系？”

“哎呀，烦死了。五豆饼比我这个二层豆饼可差远了，不就是个朴浩纯（反过来就是纯好瓢，像个倭瓜的意思）嘛。连五豆饼都能结婚，我可比她强多了，结婚肯定没问题的说。”公珠说着，目光望向玻璃窗外蔚蓝的天尽头，神情如同新娘般娇羞温柔。

几天后，大家议论的话题不再是给安公珠带来希望后离开的“五豆饼”老师，而是那位新来的美术老师。

此人成为话题人物有如下几点理由。

在“担架”校长介绍新教师时，走上台的竟然是个男老师。这可不是个平平无奇的男老师，虽然算不上超级大帅哥，但怎么看都不像已婚人士。足足好几天，同学们一直议论纷纷，猜他是不是还没结婚。大部分人的结论都是，应该还没。未婚男老师在S女高可是珍稀物种，光这一点就足以让他成为话题人物了。

第二个话题的焦点是他的衣着打扮。首次上台在全校面前亮相时，此人看起来完全不像个老师。第一天上班理应穿正装，他却不管这一套，挽着衬衫的袖子，裤子也没系皮带，甚至头发的长度都盖住了耳朵。现在可是20世纪70年代尾声，他这头长发是要被抓到派出所剪掉的。“担架”校长事事讲原则，不肯辱没斯文，怎么会招进来打扮成这样的老师？真让人摸不着头脑。

“可能担架校长也不知道吧，或许一开始面试的时候他穿了正装呢。”

“就算穿了正装，校长还看不见他盖住耳朵的长发吗？”

“也许校长面试的时候没戴眼镜吧。”

“我说，你这是和我杠上了？如果新美术老师明天还不剪头发，估计担架校长就忍不住要发飙了。”

这的确是个热门话题。

“不像话，他全身上下没一点儿老师的样子，穿得像个小混混似的。”

“你这家伙，倒是继承了担架校长孔曰成仁孟曰取义的正统血脉了？他怎么就像小混混了？那是自由奔放充满朝气，多帅啊。”

“帅？你可别逗了。他以为自己是约翰·丹佛吗？那头发成何体统？”

“听说他的作品在全国大展上三次被评为特选佳作呢，是个真正的实力派。”

“这派那派的，实在不知道他算哪家哪派，才憋出来个‘实力派’吧。”

“反正你说他像约翰·丹佛，这点我是同意的。”

“泡面头”智英做出总结陈词如下：

“他不戴眼镜则已，戴上眼镜那就是活脱脱一个约翰·丹佛，就算长得不十分帅，也挺可爱的呢。”

大家就此越聊越欢，声音都带着兴奋。教室里自然而然地回荡起了众人的哼唱，唱的是约翰·丹佛那首歌词里提到“洛基山雄鹰”的歌。

终于，到了上第一节美术课的时候。

窗外六月的艳阳在空中散发着炽烈的光与热，这是星期五的第五节课。

而珠利和公珠所在的高一年级“贞”字班仿佛忘记了午

后该有的慵懒，陷入了一种紧张的沉默中。

万事俱备。

将要被推开的那扇门前，放着一个半满的水盆，好像正等着某人一脚踩进去；讲台上撒了一层白色粉末，那是掺了胡椒面的粉笔灰；黑板上画满了涂鸦；讲台后端端正正摆着一把椅子，椅子腿却是坏的，只要坐上去就会向后栽倒。这一切都是遵照珠利的指示，一丝不苟安排好的，公珠还扭着圆滚滚的身躯嘁里咔嚓地检查了一番，确保万无一失，这才回到座位上。

很快，一直望向窗外的“泡面头”发出了信号：新任美术老师“洛基山之鹰”已经离开办公室，正朝教室走来。

啪叽啪叽，穿拖鞋走路的声音停在了教室门口。

“老天保佑！”

公珠闭上了眼睛。

“保佑老鹰的脚脖子一定要泡到水里。”

然而，推门而入的“洛基山之鹰”似乎已经提前知晓情况，他沉着冷静地过了第一关，从水盆上跨了过去。尽管水盆放在一个开门迈步、稍有不慎就会啪嚓踩进去的位置上，却不知是目光如炬还是天生心思缜密，“洛基山之鹰”面带微笑轻轻巧巧地就跨过了水盆。

“他的眼睛可真好使，是不是很像‘史蒂夫·奥斯丁’？”公珠悄声对珠利说道。

珠利却依旧老神在在——还有第二关、第三关、第四关，以及只要他没有读心术就绝对不会识破的终极第五关。她相信，新老师即使目明如“史蒂夫·奥斯丁”，耳聪如“生化女超人”，也绝不可能通过自己设下的第五道关卡。

然而，“洛基山之鹰”果然是一个不容小觑的人物。他轻手轻脚地把花名册放在了讲台上，没有激起那层似有若无的胡椒面和粉笔灰混合物。全班六十个人都期待着扑簌簌扬起的胡椒面呛得他喷嚏连连呢，此时不由得流露出失望之色。

“上课，起立！”班长康姬喊道。

行过礼，“洛基山之鹰”开心地笑了，微微露出他洁白整齐的牙齿，笑容清朗，颇具魅力。

“非常感谢大家这么欢迎我的到来。”

“洛基”老师开始了他的开场白。

“我不想让大家失望，可是上周爬山时我的脚腕受了点儿伤，所以就没往水盆里踩，请大家理解。还有，粉笔灰对身体有害。我的眼睛不大好，容易出毛病……”

他嘴长得好看，说话也是一套一套的。

同学们紧张稍解，都笑了起来。公珠也呵呵地笑，珠利戳了她肋下一把，低声说道：“现在可不能笑，还剩下好几关呢。”

于是公珠也戳了她邻座一下，邻座又戳了她的邻座一下，一个戳一个，一个再戳一个……戳了一圈之后，大家脸上都恢复了僵硬的表情。这时，珠利站了起来。

“老师，能告诉我您名字的汉字怎么写吗？”

“好的，我的名字是……”

“洛基山之鹰”拿起一根粉笔，转身面向黑板。可黑板上满满当当都是涂鸦，连写个字的空隙都没有。“洛基”老师的表情似乎一瞬间凝固了。也不过如此嘛，看上去再怎么游刃有余，他也过不了第三关的。珠利对公珠俏皮地眨了眨眼，心中不由得大呼快哉快哉。赶紧转过身来大发雷霆吧，毕竟把你搞得这么狼狈。然而，“洛基”老师不愧是个雄鹰般的人物，他又笑了，露出了门牙，好像在说：我怎么可能栽在你们这群小鸡仔的把戏上？

“我的名字是‘淘熊’。听起来有点儿好笑，‘淘’是淘米的淘，‘熊’是狗熊的熊。哪位同学知道，淘米的熊是指谁？”

“熊妈妈！”公珠抢答道。

大家听了终于再也憋不住，都笑了起来。

“没错，熊妈妈能淘米，当然就不是普通的熊喽。也就是说，她是熊女，是檀君[①]的母亲。”

---

① 译者注：檀君为韩国建国神话之一“檀君神话”的主人公。相传天神之子桓雄下凡，一熊一虎请求桓雄将其变成人。桓雄令熊虎服下大蒜和艾草，百日不得见日光。虎无法忍耐，未能变身。熊则在三七二十一日后变为女子。后熊女与桓雄成婚，生子檀君。檀君建立了古朝鲜，定都平壤，为朝鲜半岛第一位开国之君。

“檀君的母亲熊女是学美术的？”智英插嘴道。

“当然学过。各位同学，大家都去过昌庆苑[①]吧？都见过北极熊在笼子里无数次走来走去时若有所思的表情吧？那就是熊女构思新画作时的样子啦。”

全班再次哄堂大笑，教室里充满了青春的活力。风从操场上的阳光中吹来，拂过“洛基”老师的额头，轻轻抚弄着他蓬松的头发。

“我们很想知道一件事。”

这次站起来提问的是“生理现象”慈景，她擅长辩论，还是四月份全校辩论大赛的冠军呢。慈景这个“生理现象”的外号，也是其来有自的。当时，“斜耳朵”老师正在慷慨激昂地讲课，智英吹响了小号（就是放屁的意思），音色清亮，富有弹性，宛如女高音。

“谁放的！”

“老师，这又控制不住，是生理现象嘛……”

“斜耳朵”老师怒问，慈景回答。

从此之后，慈景的外号就成了“生理现象”。总而言之，慈景站起来问“洛基”老师是不是没结婚，这才是她的重点。听了这个问题，“洛基山之鹰”依旧微笑着，让人如沐春风。

---

① 译者注：日本殖民时期，当局在朝鲜王宫昌庆宫中设立动植物园，称“昌庆苑”。1977年开始计划迁出。1983年恢复昌庆宫旧称。

"是的，我的比赛技术很全面，'all round play'。"

"我们不太懂体育知识，您再解释解释嘛。"

"'all round play'就是在赛场上不明确区分防守和进攻，战术上攻守兼备。技术很全面，意思是说我一个人吃饭，一个人洗衣服，无论什么自己都会做……"

话音刚落，大家就鼓起掌来。

这又是闹的哪出？见大家竟然这么早就缴械投降，甚至还在那儿鼓掌，珠利简直要气死了。这么发展下去，就不是拳击台上被裁判读秒判输，而是被对手一拳击倒了。珠利不得不清楚地认识到，此刻可能成为她个人生涯中最大的污点。虽然那把断腿的椅子还维持着岌岌可危的姿势，但"洛基山之鹰"完全没有一点儿要坐下的意思。不对，也许他早就知道那把椅子有猫腻了——既然他那双"史蒂夫·奥斯丁"般的眼睛能一眼看出讲台上的是胡椒面，那么识破椅子的陷阱应该也不在话下。

不过，珠利不是个轻易放弃的人，她的雀斑可是全校皆知的智慧之源呢。无论如何，"小雀斑"本人可不会向这无门无派的"洛基山秃鹰"举手投降。用珠利常说的话来讲，那才是"可现（可怜又现眼）"的。

珠利终于决定祭出终极大招。面对这样的大招，无论"洛基山之鹰"多么闲庭信步、智勇无双，也不可能有丝毫胜算。珠利给公珠打了个暗号，闭上双眼，装作打瞌睡，甚至还微微地打起鼾来。

岂止珠利如此。珠利刚开始打鼾，公珠就有样学样地也打了起来。然后是公珠的邻座，再然后是邻座的邻座，白日的睡意就像多米诺骨牌一样蔓延开来。从珠利打鼾开始，不到一分钟，瞌睡如同传染病，席卷了高一“贞”字班的教室。很快，六十个学生全都打起鼾来，陷入了睡眠状态。

果不其然，这回“洛基山之鹰”也做不到谈笑自若了。他脸上的笑容僵住了，甚至还明显流露出一丝惊慌失措。珠利闭着眼睛，心里简直想高呼万岁。六月的风是清凉的，日光是炽烈的，六十个学生都睡着了，而“洛基山之鹰”独自站在讲台上，掏出手帕来擦了擦额头上的汗。

一只老鹰而已，怎么可能全知全能？不过是一只飞起来的鸟，顶多能抓只野兔罢了。珠利偷偷去瞄“洛基”老师，见他擦着一脑门的汗，一副不知所措的样子，她心中的“青春热血”不由得沸腾了起来。

然而，变故就发生在此时。

走廊上传来了一阵穿拖鞋走路的脚步声，从门上的玻璃望出去，一个男人的身影映入眼帘。你管他叫“一个男人”？可真是大不敬啊。那是正在校内巡视的“担架”校长，看到教室里的情况，脸色一变，停住了脚步。

珠利咽了口唾沫。

她飞速戳了一把旁边的公珠，可那胸围九十八厘米、敦实可靠的上半身不动如山，因为“豆饼脸”公珠真的打着呼噜沉入了梦乡。

终于，“担架”校长用力推开了教室门。

大家被门口的响声惊得抬起了头，紧接着又不得不赶紧闭上了眼。莫不是“担架”校长仪态端庄的右脚踩进了水盆？校长那双磨坏了的拖鞋和溅起的水花一起飞起两尺高，教室门口成了一片汪洋。不仅如此，校长稳不住重心，像跳摇摆舞一样前后摇晃，看上去别提多滑稽了。而比起滑稽来，他这副惨状堪比故事里的沈清①，弱小可怜又无助。连他的眼镜都滑下了鼻梁，啪叽一声掉进了水盆里。

“洛基”老师连忙跑过来扶住校长乱晃的手，然而校长的怒意已经无法遏制了。

“淘老师，你到底在课上搞什么呢！”校长厉声喝问。

“洛基”老师摸了摸后脑勺，那态度与其说他完全不争辩，自顾自在那儿咔哧咔哧地挠头无言以对，毋宁说他正在行使沉默权，简直是在“挑衅”。

如果仅止于此，那么也还好，但事情可不会这么轻易地过去。“雪上”总会“加霜”，裤子一直湿到膝盖的校长生气地喊道：“女校教室的讲台怎么会这么乱七八糟！”

---

① 译者注：沈清为韩国古典小说《沈清传》的主人公，作者不详。孝女沈清命运悲惨，与盲父相依为命，为求父亲复明，自我牺牲投海献祭。沈清死后进入龙宫，复活后成为中国王妃。最终，沈父复明，父女相认，全家团圆。

他说着话，两颊活像蛤蟆的肚子，鼓胀到极致又一下子瘪了下来。不消多说，混在白色粉笔灰里的胡椒面自然对校长的双眼和两个鼻孔发起了猛烈攻击，物理规律可是颠扑不破的道理。校长立刻泪流满面，喷嚏打得地动山摇。他好像刚和失散了几十年的亲人抱头痛哭，哭着哭着就把自己给呛到了，喷嚏根本停不下来。

“洛基”老师小心翼翼地开口道：“您还是先回校长室吧。”

“不用，我有话和淘老师、和同学们说。”

校长穿着湿裤子，满脸又是鼻涕又是眼泪，俨然一个败军之将，唯有他的声音还维持着应有的尊严。

“这都是淘老师您指使的吗？”

“啊？指使什么？”

“什么？我问你，你是不是让学生在上课时间睡觉来着？”

“啊，那个……”

眼看着“洛基”老师不出所料地摸了摸后脑勺，珠利急得直跺脚。

“啊，那个……”

你这么说有什么用？现在是用“啊，那个……”蒙混过关的时候吗？譬如一个人，他就算没了牙也得用牙床子去啃东西；不管出了什么事，你也得先去奉承关心校长一番才对。“洛基”老师却只是挠了挠头，真要把人气死。

珠利再也看不下去了，突然从座位上站了起来。

“报告校长，我们不是在睡觉。”

珠利的声音里充满了自信。

“没睡觉？你们的呼噜声走廊上都能听见，还敢说没睡？”

“我们那是在构思呢。”

“构思？”

“是的，今天我们要学画抽象画。老师刚才讲解的时候说，构思抽象画的一大诀窍，就是要捕捉到目不视物时脑中一瞬间浮现出的影像。所以我们都暂时把眼睛闭上了。”

“是吗？这样的美术理论可真够特别的啊。行吧，这能解释你们为什么闭眼，那你们都趴到桌子上打呼噜又是怎么回事？”

“仅仅闭上眼睛，感触还不够真实。”

“这么说，那位同学还在构思抽象画吗？”

校长抬手一指，怎么还有人迟钝到这个地步！都乱成一锅粥了，我们的公珠竟然到现在依然沉浸在她午后的酣眠里，甚至还津津有味啧啧有声地咂着嘴在笑，看来是做了一个非常帅的男生帮她拎包的美梦。珠利抓住她的两肋，想把她肉墩墩的上身撑起来。公珠被弄醒了，却还要先伸个懒腰。这场面可真值得一看——一只河马在月下做广播体操，大概就是这样。

“回答问题，胖同学！”

校长叫她。

“抽象画构思好了吗？”

“抽象画？”

公珠刚从梦中醒来，茫然地反问了一句“抽象画”。珠利疯狂向她使眼色，意图告诉她事态的严重性。然而，公珠好像还没睡醒，完全没理解她的意思。

“刚才不是在构思抽象画吗？”

“我睡着了。”

老天爷啊。《堂吉诃德》的作者塞万提斯曾经说过，“正直是一种策略”。然而，目前这个情况下，正直显然不是最优选项。尽管如此，既然公珠已经正直无比地坦承她是在睡觉了，情况正在无可避免地急转直下，矛盾处在爆发的边缘。

“她今天不太舒服，所以老师让她睡一会儿。”珠利说道。

校长苍老的面庞上这才浮现出一丝似有若无的微笑，那表情仿佛在说：你随便编，我早就知道怎么回事了。

“好，那就继续上抽象画的课吧。从现在开始，我来旁听一下大家这美术课是怎么上的。”

校长的话音又轻松了几分。

不过，他悲惨的命运并未就此终结。校长宣布他要听课，然后一屁股扎扎实实地坐上了那张破椅子。椅子腿断了，校长的身体也瞬间向后仰倒了过去，连眼镜都飞到了前排学生的课桌上，摔了个粉碎。用一句话来概括，这场面对他来说不仅仅是遭罪，简直是残忍了。

校长一时爬都爬不起来。同学们和“洛基”老师赶紧跑过去搀扶起他，校长一个劲儿地喊着：“眼镜，我的眼镜……”

这惨状实在让人不忍直视。原本为捕获“洛基山之鹰”而设的机关，怎么全都用在了年过六旬的校长身上？

“淘老师、珠利，还有那个胖同学，放学后到校长室来一趟。”

校长终于一瘸一拐地走出了教室。那背影太过凄凉，以至于他走远了大家也笑不出来。不知是谁低声说：“我的天，也太惨了吧。”

“别太担心。”

“洛基”老师打破了沉默。

“校长今天的遭遇，纯属是他命中有此一劫。刚才我抓着他的手，看了看他的手相。今年他运势不佳，大家就当帮校长提前消灾了吧。从某个角度来说，也算功德无量呢。”

“洛基”老师大言不惭地诡辩着，好像这话是出自他人之口似的。难道古希腊的诡辩学家转世重生，成了眼前这“洛基山之鹰”？珠利油然而生一股强烈的抗拒之意。

这家伙可真能装模作样，她咬紧了后槽牙。

下了美术课，大家立刻开了一场临时班会，主要议题是讨论善后方案。

“今天这件事，不能只让豆饼脸和小雀斑来担责。搞恶作剧是大家都同意的，要死也得一起死，毕竟我们都是同谋。”

第一个发言的是“生理现象”慈景。她不仅学习好，还最讲义气，说话瓮声瓮气，做事也像个男孩子。

“话虽如此，但犯罪不也要分个主犯从犯吗……”

第二个发言的是副班长“泡面头”。

“义薄云天、情比金坚固然好，可是说什么同生共死，也太夸张了吧。”

“有什么夸张的？”

慈景生气地站了起来。

“要是珠利被开除了，你也和她一起退学吗？”

“那是自然，我们六十个人全都得退学。”

“得了吧，你别打了鸡血在这里散德行，充什么大头逞什么英雄？”

“是你在散德行，还是我在散德行？”

“看看你自己口沫横飞的德行吧。”

“你这家伙，真是‘Men no men’，你就不是个人啊！”

“奇了怪了，疯子一蹦跶，还真就发起癫来……”

“你说什么！”

眼见事态朝着不太妙的方向发展，珠利站了起来。

“别说了，你们俩自说自话，真是看不下去。今天搞出事的人是我和豆饼脸，责任也由我们俩来担。你们要不要逞英雄，都和我没有关系。我小雀斑还怕这个？我都想好了，谢谢你们关心我，可争执下去只会让问题扩大化。拜托了，就当为了我们好，你们就关好鼻子底下那个门（嘴）吧。”

话音未落，公珠就站了起来，大幅度晃动着她笨重的身体，动作像彩票摇奖那样夸张。

“预备……闭嘴！”

班会就稀里糊涂地在笑声中结束了。

第七节课是体育课外锻炼。珠利和公珠换上运动服，先去了一趟“部卖小”（小卖部倒过来）。

“嘿，九利！听说你摊上大事了？”

一个女生小猫似的舔着冰激凌，笑嘻嘻地迎了上来，是“笑逗包”美玲（因她动不动就把大家逗笑而得此花名）。虽然现在不同班，但美玲和珠利是初中同学，所以两人格外亲近。

“别瞎逗了，我能摊上什么大事？”

“别装了。听说担架校长的后脑勺都摔爆了，你可不要太过分哦。”

“到底是谁说的？”

“大家都知道了。你们班不是有个副班长嘛，好像是她向我们班同学走漏的消息。”

没错，小道消息的传播速度果然堪比光速。还不到两小时，都开始传校长摔爆脑袋了，珠利气得想倒立。

“泡面头这个家伙，刚才开班会的时候就不讲义气，看来是该教训教训她了！”

公珠愤怒地去找“泡面头”一伙算账，而后者正在小卖部的另一角吃冷面。

珠利连忙去拦公珠，可惜为时已晚。公珠不管三七二十一，一把夺过“泡面头”的冷面碗，高高端了起来。这是一碗又咸又辣韧性十足的冷面，“泡面头”才刚把面条塞进嘴里，这下只得跟着冷面碗站起身来。吃到嘴里的吐不出来，她倒想坐着不动，无奈那长长的面条抻得紧绷绷，“泡面头”只得捂紧自己的胸口。想象一下吧，这干净洁白、熨烫平整的前胸，要是粘上裹满了辣椒酱的冷面……副班长“泡面头”别无选择，只能随着公珠手里的拉面碗亦步亦趋。她屁股往后坠，姿势活像一只想上“大号”的小狗，脖子能伸多长就伸了多长，嘴里塞满了冷面……仿佛有人在她嘴里钉了颗钉子，面条就是缰绳，“泡面头”被冷面碗牵着走，这场面真够十五个人看半个月的。

大家本来怕得直往后退，此时也都大笑起来，齐齐地拍手叫好。

众人围观得太过出神，竟没人发现“安东尼·奎恩”来到了小卖部门口。“奎恩”老师被眼前的景象惊呆了，愣了片刻才回过神来，用与他干瘪的体格并不相称的声音高喊道：“安公珠，你干什么呢！”

也许是“奎恩”老师的声音太大，又或者公珠本就是故意的，反正她恰在此刻松开了手里的冷面碗，绷得紧紧的面条如同开了弓的箭，全都崩在了“泡面头”的脸上。“泡面头”摔了个屁股蹲儿，放声大哭起来，活像个父母双亡的独生女在吊丧。

“安公珠，你太不像话了，不像话！”

班主任“奎恩”老师啧啧连声，责备起公珠来。

“老师，是泡面头，是她先贱招的。”

“以智英这个体格，你这个重量级，她招惹得起你吗？”

“我们俩也差不多嘛……”

“智英能端起碗冷面，你能端起个智英！你端她那小小一碗的冷面做什么？”

“您别再拿我的身材说事了。老师这么说我，我也会难过的啊。”

“别说了，下课后你们俩一起来一趟办公室！”

“奎恩”老师结束了训话。他刚离开小卖部，公珠就大哭起来：“哎呀，怎么这样嘛！”

大概是老师拿体形说事伤了她的心，可公珠痛哭的样子看不出半点儿难过。

“豆饼脸，别哭了，赶紧去操场，该打上课铃了。”

“小雀斑，我就那么胖吗？我的胸围还不到一百厘米呢。呜呜呜……”

“我觉得不胖啊，太瘦了也不好看。”

“对吧？我还不算胖吧？”

公珠止住哭声，脸上却光秃秃的，不见泪痕。

“话说回来，今天放学后我们还挺忙的啊。担架校长、奎恩老师，要去的地方还真不少。”

“今天诸事不宜。不过，说起泡面头这家伙，看看她刚才在教室里说了什么，这人怎么能如此无情无义呢？”

“是啊，你教训泡面头，干得漂亮。不管了，别发愁，我自有妙计，准保能渡过这次危机……”

“珠利，我只相信你智慧的源泉，只相信你脸上的斑。”

"斑可是很难看的哦，我这是小雀斑。"

安公珠和卜珠利肩并肩地跑向了操场。西斜的太阳把操场照得亮堂堂的。

课外锻炼结束后，放学前的短会上，班主任"安东尼·奎恩"不知从哪里听来了什么消息，今天的唠叨格外多。

"女生嘛，最重要的就是要有个女生的样子。最近，我们'贞'字班可是全校最闹腾的。班名一个'贞'字，就该有'娴静贞淑'的样子，你们这样像话吗？还有，闹腾第一，成绩却不行，这两方面发展如此不均衡，让我说什么好。从今往后，如果谁敢破坏班级安静的学习氛围，我一定会给她灌上一杯凉水，让她好好冷静冷静……"

"老师，喝凉水不卫生啊。"

说话的是慈景。然而，老师完全没有理睬慈景的抗议。老师还在训话呢，她突然插这么一嘴，简直毫无教养可言。

"看来这第一杯凉水得让慈景来喝了。值周生！没人值周吗？给我拿凉水来！"

尽管慈景说的话无比正确，她还是难逃喝凉水的宿命。珠利和公珠打从心底里不认同"奎恩"老师这种并无教育意义且十分野蛮的行为，但放学后两人就要去见校长，自身难保，不得不先忍一忍，低调做人。

终于放学了。

一进办公室，“奎恩”老师就开始数落公珠端着冷面碗遛“泡面头”的事，足足说了有三十分钟，说得他自己直冒汗。

终于，“奎恩”叹气道：“下不为例，再干一次这么没教养的事，我就要请家长了。听明白了吗？”

“听明白了。”

“你听明白什么了就说听明白了？”

哎呀，气死了。明明是他自己问听没听明白，转头就说“你听明白什么了就说听明白了”。不过，说实话，珠利从办公室里出来的时候，已经把“奎恩”那点儿小小不言的教训忘得一干二净了。左耳朵进右耳朵出，此乃对付老师教训的上上策，也是珠利的经验之谈。不仅对待老师的教训要这样，珠利始终认为，“忘记”是一件好事。越是伤心难过的事，就越该忘掉。无论遇到多大的困难，“忘记”最终都能帮你从头再来——忘却使人新生。

“唉，这可怎么办？”

两人从办公室出来，往校长室走的路上公珠问道。

“还能怎么办，大胆地往前走吧。”

“担架校长一定会处分我们的吧？”

“I don't know!（我不知道！）”

“我对不起你啊！刚才担架校长叫我起来的时候，我要不是睡得迷迷糊糊，张口就照实招了，可能就没这么多事了……”

“就算你没说，我们也一样会被叫到校长室。这可不是我们的错，要怪就怪那只狡猾的洛基山之鹰。要是他坐上了那把破椅子，要是他踩进了那个水盆，不就什么事都没了。”

“我这个人吧，一撒谎就会冒冷汗。有什么办法能让我说谎话的时候表现得镇定自若？”

“伸头一刀，缩头也是一刀。好了，我们进去吧！”

珠利说着，手已经推上了校长室的门。

“行，那就进去吧。”

公珠咽了一口唾沫，点了点头。

两人就像孤胆闯敌营的年轻战士一样，做好壮士一去兮不复还的心理准备，推开校长室的门，走了进去。

“洛基”老师比珠利二人先到一步，已经在校长室里了。

他坐在“担架”校长对面的沙发上，和珠利对上了眼神。没看错吧？他竟然朝她挤了挤眼，真可谓胆大包天。作为教师，他理应严谨端方，为人师表，竟然当着校长的面向学生挤眉弄眼。珠利心里觉得好别扭，心想，走着瞧吧。这只洛基山的老鹰肯定会被“奎恩”老师教育一百遍：老师得有个老师的样子。哦，还真是“亚里士多德”（压力是多的）啊。

“你们的抽象画构思好了吗？”

“担架”校长上来就问了这么个问题。

刹那间，珠利脑中电光石火地闪过一个念头：既然如此，不如给“洛基山之鹰”上点儿眼药吧。她在心里吐了吐舌头，眼睛却真诚地望向校长。

“其实……事情不是这样的。”

“不是这样？”

“是淘老师让我们睡一会儿的。”

“让你们睡一会儿？那可是上着课呢！”

“是啊，我们也说我们要上课，可是……”

“奇哉怪也，还有这种事？”

果不其然，“担架”校长满怀怒意地看向“洛基”，紧皱着眉头。嘿嘿，这下你死定了吧。珠利暗自窃喜，看你怎么狡辩。

珠利的核心目的并不只是让校长训“洛基”几句。她想要“洛基”亲口否认说“我不是我没有，珠利说的都是谎话”，再把他的话大范围地传到同学们的耳朵里去，这样就能坐实“洛基山之鹰”卑鄙小人的形象了。

“怎么能这样？洛基山之鹰把错都扣在我们头上，自己一退六二五——溜之大吉，好不要脸！他这不仅仅是‘淘汰鹅无油’（讨厌、埋汰、恶心、无耻、幼稚），简直是‘ABC’（哎，不成）啊，‘ABC’！”

要是同学们能异口同声地谴责“洛基”，那她心里可就痛快了。然而，“洛基山之鹰”到底心思缜密，不是一盏省油的灯。

“是的，校长。天气太热了，我就让同学们休息一会儿。出了问题，都怪我做得欠妥。”

这话显然打动了公珠。始终保持沉默的“豆饼脸”安公珠满脸感动地向前迈出一步，说出了一句让情势急转直下的话。

“不是的。担架……啊不，校长，淘老师他没有任何错处。那什么，是我们那什么……想整蛊淘老师来着……”

一句话里说了两次“那什么”，说明公珠的精神已经相当紧张了。说出去的话，泼出去的水。受到“洛基”老师“讲义气”行为的感召，公珠索性和盘托出了所有的事。

“校长，是我们的不对。那什么，是我往盆里倒的水，是我把破椅子摆在那儿的。真的，我说的都是真的。”

可不是嘛，真得不能再真了。

事已至此，珠利也束手无策了，哪有像“豆饼脸”这样的呆子啊。可令人惊讶的是，听了公珠的话，校长的脸上竟然浮现出温和的笑意。

"很好，很好。胖同学真是具有十分优秀的品质啊。"

没搞错吧？"担架"校长拍着自己的膝盖，那副激动的样子简直和癞蛤蟆公珠有一拼。

"其实，不管你们怎么辩解，我都早就知道是怎么回事了。总而言之，我就是想看看谁能说实话。胖同学具备一种最宝贵的品质，那就是——正直。真的很不错，真的……"

今天果然"真的"大丰收。"担架"校长和公珠简直是一拍即合、灵魂共振，倒衬得珠利里外不是人了。新年运势说她今年恐陷口舌之争，看来是说准了。

最终，"担架"校长被公珠的正直品质打动，并没有责罚她们，只是给她们布置了一项作业，这一篇就翻过去了。

"话说回来，我也不能表扬学生搞这么过分的恶作剧。那就请两位同学下周一之前，交给我五张抽象画。可以吧？还有，淘老师，你把你的头发理一理吧，怎么能留这么长呢？"

"我就像传说中的参孙一样。"

"参孙？"

"传说中，参孙的力量来自他的头发，只要剪去头发，他就会失去力量。"

"哎哟，要真是这样，那剪完头发之后，我给你买一瓶维生素补充剂。维生素的力量可比头发的力量管用多了。"

这时，公珠突然抽抽噎噎地哭了起来。

“哎？你哭什么啊？”“担架”校长一脸惊诧地问道。公珠的哭声却越来越悲切。

“珠利同学，我问你，这位胖同学为什么哭啊？”

“她天生容易被感动，您从轻发落只让我们交五张抽象画，她太感动了……”

“才不是这么回事，你瞎说什么！”

珠利还没解释完，公珠就朝她吼了起来，声音刺耳，堪比打破砂锅还让皮鞋踩上两脚。

“那你哭什么？”

“校长，我现在只想一死了之啊。”

“什……什么？一死……了之？”

“我怎么就是胖同学了？我有名字，可好听了，叫公珠……呜呜……还有，我的胸围只有九十八厘米，还不到一百厘米呢。您怎么也不顾体面，管我叫胖同学？听您这么叫我，我太难受了，简直羞愤欲死啊。呜呜呜……”

“这……哎哟，胖……啊不，公……公珠同学，是我说错话了。说什么要死要活的，在我看来你的体形很标准嘛……”

她只说了一句寻死觅活的话，就彻底把“担架”校长吓了个魂飞天外，那副尊容就和他被胡椒面呛得打喷嚏、和那把破椅子一起栽倒在地时一模一样。

万岁！今天完全就是值得“豆饼脸”安公珠高呼万岁的

好日子。

在珠利最为挫败颜面尽失的当口，安公珠却能堂堂正正地高呼万岁。有句话是这么说的吧？风水轮流转，天道好轮回……这一刻，珠利竟有些羡慕安公珠那汽油桶一样的身材。

第三章

癞蛤蟆出现

想要打败男生，
只有一个办法。

珠利家里一共有七口人。

年纪最大的是爷爷，已经年过七旬。爷爷这辈子都在从事教育工作，虽然退休前那段时间在大学工作，也是从大学教师的岗位上退下来的，但更多的时间是在高中执教。也许正因如此，他为人十分严肃，看重师道尊严。说起来，倒是和“担架”校长相当有共通之处。不对，单用“严肃”来概括爷爷的性格，恐怕有失偏颇。爷爷的严肃只用在不时来拜访的学生和珠利的爸妈身上。特别是对爸爸，爷爷那样子简直就是个对小兵发号施令的伏虎大将军。哪怕只是小小的失误或错处，爷爷都不会对爸爸有一丝宽容。

有一次，爸爸吃完早饭，下意识地掏出一根烟叼在了嘴上，爷爷立刻疾言厉色地训斥道："臭小子，给我跪下！听见没有？我让你跪下！还有，珠利，你去我屋里把收音机拿来。"

珠利刚把收音机拿来，爷爷就不问青红皂白地命令爸爸双手举过头顶，把收音机放在他的手中。爸爸手举收音机跪在那里，活像个受罚的小学生，真是见者伤心闻者落泪。事情到这儿还没完，爷爷竟然拧开了收音机，优哉游哉地听起了早间新闻。

如此严厉的爷爷却总是对珠利三姐妹态度温和，让人如沐春风。他宽容，不守旧，轻声细语的。特别是对最小的孙女珠利，简直是含在嘴里怕化了，捧在手里怕摔了。每当爷爷责罚爸爸的时候，只要珠利求情，爷爷就会给予爸爸特赦。

比起爷爷，爸爸有点儿不靠谱，但人还不错。

珠利的爸爸五十来岁，在一家私企当部门负责人。这样的现状也足以说明，他确实没什么出众的才能。但他为人随和，是个让珠利挑不出半点儿不满意的好爸爸。不过，他有些懒散，又不会来事儿，于是常常招来爷爷的臭骂。

而珠利的妈妈无论从哪个角度来看，性格都和安公珠“豆饼脸”丝毫不差。岂止是性格，别的不说，她的体重已经在七十公斤上下浮动，胸围也早就超过一百厘米了。如果说安公珠是只“小癞蛤蟆”，珠利妈妈就俨然是“小癞蛤蟆它妈”。虽然用占地面积来计量妈妈的大小略显刻薄，可爸爸总是把妈妈比作喜剧演员“吴千萍”（五千平）。

珠利家没有男孩。妈妈徒有天赐的强壮体格，却接连生下了三个女儿。

大姐珠顺今年二十三岁，去年大学毕业后进了一所男子中学当老师，教社会课。自打今年开春以来，她每天早上描眉画眼的时间就越来越长，看来她每天晚上都在做梦要嫁人呢。大姐长得说不上好看，也说不上难看。她下牙坏了一颗，用金子镶了，笑起来就露出一颗闪亮的金牙。按爸爸的话说，这颗牙就是珠顺姐姐的魅力之所在。

比起大姐来，二姐珠京算得上是个大美女。她不仅身材窈窕，还在最好的女子大学法语系读书。要说她有什么缺点，那就是性格略微暴躁。好几次有男学生追她追到家里，都被她赏了一耳光。

珠利家的院子很宽敞，但房子有些年头，还是砖砌的平房。三姐妹一直想搬到舒适清爽的二层小洋楼或者公寓楼里去住。但只要爷爷还在一天，这个愿望就不可能轻易实现。全家已经在这里生活了二十多年了。一花一木，一砖一瓦，都是爷爷的心血，这是他亲手打造的家。可珠利还是一逮到空就向爷爷吹耳边风，央求着想搬家。

也是今年春天，邻居把旧房子拆了，建起了一座雅致漂亮的二层小楼。珠利搬家的愿望更强烈了。折腾了三四个月，两星期前，二层小楼里终于搬进来一家不认识的新邻居，搞得珠利颇为别扭。从邻家二楼的阳台上往下看，珠利房间窗内的风景可谓一览无余，这点她当然不舒服。

但珠利的不爽并不单单是因为这个。住在对面二楼的好像是邻居家的儿子，用一句话来概括，那个男生实在丑得令人发笑——

河马似的一张大宽脸，鼻孔外翻，满脸凹凸不平的青春痘，再加上黑黝黝的胡子楂儿。这人往那儿一坐，珠利恨不能当场自戳双目。

不仅如此，这人的行动举止也没半点儿斯文可言。

每天早上他都要跑到阳台上来，光着膀子推完杠铃再举哑铃，十八般武艺表演一遍，活像耍猴的（他是猴），气得珠利简直要管不住手里的刀给他来一下了。

前几天也是这样。早上，珠利无意间打开窗户，就看见那个男生好像在等她似的，双手举着哑铃向她灿然一笑。珠利啐了一口，大力关上窗户，可心里依旧别扭，还是说不出来的那种别扭。

你再挑衅一个试试！看我不收拾得你满头包，创可贴也要贴十个！

就是从那天开始，珠利咬牙切齿地暗下决心要给他点儿颜色看看。但很快又发生了一件让她气得内伤的事——对方竟然先行发起了挑战。这可不是用对方在耍宝就能糊弄过去的，这就是一场恶毒又卑劣的挑战。

早上醒来，珠利睁开眼，还没从被窝里爬起来呢，就听见有人在喊“九利！”。（珠利家的人不叫她的大名“珠利”，都叫她“九利”。）

一开始，珠利还以为是爷爷或爸爸在叫她，还应了一句“来了，我这就起来”。话音未落就发现，不对，不是家里人。那人连着叫了她两三次，声音不是从客厅那边传来的，而是来自对面二层。

“九利！嘿，九利！”

珠利猛地站了起来。对面二楼男生那张河马与癞蛤蟆结合体的面孔浮现在脑海中。

“有病吧，这人是有病吧……”

珠利气势汹汹地一把推开了窗户。可……这是怎么回事？对面二楼的阳台上一派平和，饶是勇敢又智慧的珠利也看傻了眼——那个癞蛤蟆男正对着一只小狗，在阳台上逗狗玩呢。

“九利！坐下！我让你坐下！”

原来是这只小狗的名字叫“九利”。珠利气冲脑门，满面通红。“癞蛤蟆”好像知道对面的情况却故作不知，依旧对着小狗发号施令。

“嘿，九利，你怎么这么笨啊？我都教了你几次坐下了？小笨蛋，我让你坐下，坐下！”

真是，简直要把人气死。

物似主人形，这小狗长得也十分“抱歉”：一身黄毛乱糟糟，鼻孔外翻，眼角还糊着一坨白乎乎的眼屎，不折不扣一条不值钱的小土狗。小狗夹着尾巴战战兢兢，它的主人，那只“癞蛤蟆”却优哉游哉地靠在木头椅子上，满口的胡言乱语。

“九利！来，九利，吃这个，快点儿吃。你怎么就知道吃？你满脑子装的都是石头吗？九利，臭九利！过来过来，我让你过来。不听我的命令，小心我用鞭子抽你。嘿，九利！”

珠利终究还是什么都没说，关上了窗户。

她是很想照着“癞蛤蟆”那张臭脸泼狗尿，但是现在她还不知道该怎么出手。突然，屋外的庭院里传来了爷爷洪亮的嗓音。

“不像话！一个读书识礼的学生，怎么能大清早就大叫女同学的名字，还叫那么大声，那么大声……”

看来爷爷还不知道邻居家二楼上到底发生了什么，继续生气地朝对方高喊。

“你还变本加厉，说什么要用鞭子抽我们家九利？哼，我借你个胆子看你敢不敢？”

顾不上什么斯文体面，爷爷爬上院子里的假山石，一副冲锋陷阵的架势，眼看着就要翻墙过去收拾那小子。听到动静，珠利家里除了珠利之外的所有人都涌到了院子里，而邻居家的所有人也都聚到了二楼阳台上。

可那“癞蛤蟆”对爷爷的厉声呵斥置若罔闻，反而一脸讪笑，反守为攻。

“哎呀，您误会了。老爷爷，我不是在叫人，是这只狗狗叫九利。我正带它做早操呢。您怎么说我乱叫女生名字啊？难道有女生的名字叫九利？”

“什么？这只狗叫九利？它凭什么偏偏要叫九利啊？你小子够胆量，这是在故意消遣我们家九利吧？”

“说什么消遣不消遣的，我真不知道您家那位女同学叫九利啊。”

“反正你现在就把狗的名字给我改了！”

对爷爷来说，有一只小狗叫“九利”，实在是滑天下之大稽。他的语气缓和了些，对面“癞蛤蟆”一方却跳出来一个人，正是之前保持观望态度的“癞蛤蟆”他奶奶。

“为什么让我们家的狗改名？九利，这名字到底是更像狗名还是更像人名啊？还是您家孙女换个名字吧。”

“你说什么？凭什么让我孙女改名？”

“你们家怎么大早上起来就找别人家狗的茬儿？招猫逗狗的……”

“癞蛤蟆”奶奶也不肯善罢甘休。事态正向着双方家庭大乱斗的方向发展，空气中充满了火药味。珠利爷爷和“癞蛤蟆”奶奶隔着院墙你来我往，仿佛是在排球场上隔网对抗。

外面闹得沸反盈天，珠利的爸爸却始终岿然不动，坐在卫生间里看报纸。就在他走到院子里的那一刻，整个事情戏剧般反转了。爸爸本来还背着手往对面阳台上瞧，这时突然忙手忙脚地爬上了爷爷站着的那块假山石。

“哎哟，你是车真道吧？”

听爸爸这么问，对面阳台上一个中年秃头男一把推开“癞蛤蟆”奶奶，看长相是“癞蛤蟆”的爸爸无疑了。

“哎哟！这不是书呆子卜……卜秀男吗？你是卜秀男吧？”

要问卜秀男是何许人也？正是珠利她爸。

只见爸爸脸上写满了感动，双手猛挥，好像要和对方隔空握手。他用大得吓人的声音回应道：“对！我就是卜秀男。你是那个踢球的吧？外号叫‘B29轰炸机’？你在球场上的表现真就跟B29轰炸机似的！”

“你那时学习可好了，可不嘛，你的外号毕竟是‘百科全书’呢……”

“可不是嘛！我俩是有多少年没见啦？”

“恐怕得有十来年了吧……”

两人被院墙阻隔，无法拥抱彼此，这场面看上去简直像一幕悲剧。面对突如其来的转折，所有人都惊得合不拢嘴。

这个早上，爸爸还是遭到了爷爷的一顿教训。爷爷责怪他偏偏在那种情况下和人相认，害得爷爷颜面扫地，有辱卜家门庭。

“我们是高中同学，都十来年没见了。挺高兴的事，怎么能装不认识呢？”

“为什么不能？你还是一两岁的小孩吗？”

“您不是一直把我当小孩吗？”

“你还顶嘴？”

“我不是顶嘴，我是在讲道理嘛。”

“哟呵，你还敢继续犟嘴！快，珠利！把收音机拿来！”

事情还是以爷爷让爸爸举收音机告终，还真是外人没打进来，自己人先自相残杀起来了。

“爷爷您可真是的，小孩子之间的事，您掺和个什么劲儿？”

二姐珠京一大早就贴了一脸黄瓜片，忍不住插了句嘴。

“小孩子之间的事？”

“您就让珠利自己来处理吧。您不会觉得珠利治不了那个男生吧？”

“这可不是珠利一个人的问题。你没看见他们家那个老婆子都跳出来大吼大叫了吗？”

“哦，既然如此，他们家奶奶就交给您来对付不就得了？爸爸又何罪之有？他只是见到十年没见的老同学，心情激动罢了。”

最终，珠利和“癞蛤蟆”之间的矛盾，演变成了爷爷和邻居奶奶之间的一场较量。看来，以后每天从早到晚，都不会有太平日子过了。

转过天来，爷爷也跑去买了一只小狗。

“以其人之道，还治其人之身！”爷爷大声说道。

但谁都不知道邻居家的“癞蛤蟆”到底叫什么名字，还真成问题。于是，爷爷委派爸爸去解决这个问题。

“你不是那小子他爸的同学吗，就派你去问问那小子叫什么。”

“您这是让我背叛朋友之义吗？”

“什么背叛不背叛的？接近他们家最简单的方式就是派你去呗。”

“派我去也是一样的，他们家早就知道我们的下一步计划，估计已经加强了安保措施。”

“安保措施？”

“是啊，今天早起上班，我在路上碰见了‘B29’，他和我说想都别想打听他小儿子的名字。”

“就算如此，打探消息也要看个人能力。不管对方安保措施多严密都能突破之，这才是一个优秀的谍报人员应有的本领。”

“我是谍报人员吗？”

“哎呀，你当然是啦。拿出点儿‘007’的精神，去吧。”

尽管爷爷下了死命令，一天过去了，爸爸依旧没有打听到那只“癞蛤蟆”的名字。没想到，二姐珠京却不费吹灰之力地解决了问题。

“那孩子叫三树，千真万确。”

“啊？你怎么知道的？”

“早上去学校时我碰见了他们家老大。”

“你问他们家老大了？”

“问什么问，他自己说的，‘我的名字叫一树’。他说他爸喜欢树才取的这个名字。”

“所以他们家老二就叫二树，老三就叫三树了？”

“那是当然了。”

“怎么取这么个破名字。现在复读的这么多，还叫什么

‘三输’，三战皆输……”

总而言之，爷爷还是把刚买的小狗命名为“三树”。从此之后，在“癞蛤蟆”家的阳台和珠利的窗户之间，每天早晚都要上演一出精彩的“训狗大战”。

比方说，如果一大早“癞蛤蟆”在阳台上喊“嘿，九利！坐下！”的话，珠利就会扯着嗓子对小狗发号施令：“喂！笨蛋三树！站起来！我让你站起来！”如此这般，在不知情的人看来，光听声音还以为他们俩在吵架呢。

“嘿，三树，吃这个！”

“哎哟，九利，你不知道这玩意儿不能吃吗？”

“三树，笨死了！你怎么这么不听话？”

“九利，你找打呢？看我不拿鞭子抽你……”

“三树！再不听话不给你吃饭了！”

“你真是笨得没治了！九利，小笨蛋，小废物，小傻瓜！没用的小土狗！”

“三树，你完蛋了，你比没治了还没治了。你就算再废物，也不能只知道吃啊。呆瓜，蠢货！”

“九利，你再这样我可踹你了哦。”

“三树，再不听话我就把你五花大绑起来。”

“呆子，笨蛋！”

“大傻子！”

两人就这样用难听的话一来一往打嘴仗。仔细听听，又能知道他们是在训各自的狗。

可这又怎么能抚慰珠利那受伤的自尊心呢？怎么才能给那只“癞蛤蟆”一点儿颜色看看？珠利吃饭也想，上厕所也想，坐车也想，甚至睡着了也会高呼着“三树！三树！”从梦中惊醒。不明真相的人听了，都要错以为她为那个三树害上了相思病呢。

“嘿，九利。嘿，九利！你有心事？”

午休时间，“豆饼脸”安公珠去部卖小（小卖部）买了一支冰激凌，一边舔一边问她话。

“嗯，其实最近有个人让我恨得牙痒痒。我在想，怎么才能给那人一个教训。”

“你这人……何必呢，至于为了那点儿事记恨在心吗？这么一折腾，洛基山之鹰的人气那是一天比一天高。泡面头每天早上都要买一枝花，插到洛基的办公桌上呢。”

公珠似乎误以为珠利恨得牙痒痒的对象是“洛基山之鹰”。

“不是他啦！虽然我也讨厌那只破鹰，但是现在这件事的优先级比他高。我家邻居……”

除了公珠和“癞蛤蟆”长得很像这一点，珠利把整个经过事无巨细地描述了一遍。公珠听完立刻上了头，慷慨激昂地对珠利表示：“这种Dog baby、狗崽子，你还不治治他？凭什么忍气吞声？今天我就去你家会会他。看我怎么收拾……”

她挺着胸围九十八厘米的胸脯，挥舞着双臂，好像要立刻冲上去扭断“癞蛤蟆”的脖子似的。她是没见过“癞蛤蟆”那个体格，才敢放出这样的豪言壮语。

“算了，算了啦……”

珠利学着从投诚间谍记者招待会上学来的语气劝公珠，可公珠不为所动。

“小雀斑，这事你别管了！无论那小子是三战皆输还是四战皆输，复读了多少次，区区小菜一碟，我一定要把他收拾得他妈都认不出来。”

“那小子是体育生呢，你可打不过他。”

“体育生？他搞什么项目的？”

“好像是踢足球的。”

“哼，何惧之有。小雀斑，你可是太低估我的身体力量了。我也每天一大早就起来做运动的。”

“你做什么运动？”

“跳跳绳、举哑铃、跆拳道……你不知道我那致命一击有多大的威力，劈碎二十块完全是小意思，二十块……”

“二十块砖？”

“哈哈……不是啦，是豆腐，豆腐啦。哈哈哈……”

“公主殿下，求求了，您最好还是嘴上有个把门的吧。”

珠利和公珠不约而同地开怀大笑起来。两人坐到紫藤树下的长椅上，这个位置可以将操场尽收眼底。紫藤花树总是如此多情温柔，不知从何处传来蝉鸣阵阵。操场映着晃晃日光，对面的天空中飘着两团白得耀眼的云。过几天就要放暑假了。暑假，哦，放暑假！

珠利胸口像堵着什么，伸了一个大大的懒腰。

这时，一只手挡住了珠利抬高的手臂。是“洛基山之鹰”。他依旧是那副样子，袖子轻轻卷到胳膊上，头发长得盖住了耳朵，一双柔和的瞳仁满怀温情，站在那里如同一座巍峨雄壮的山。

珠利连忙收回了动作。

“老师，您请坐。”

公珠喜出望外，连忙请他坐下。珠利的嘴却噘得老高。

“老师，您不打算剪头发吗？”

“其实我也不是特意留的长发。”

“是吗？”

“没管它自然而然地就留长了。可我不管它，就老有人叫我去剪头发。你们说我该怎么办？”

“校长没说什么吗？”

“我正和他拔河较量呢。”

“最后您肯定会输给校长的。”

“是吗？话说回来，珠利，你怎么还是噘着嘴？还生我的气啊？”

“珠利她……她就是中午吃饭没喝水嘴肿了。还有……有个像癞蛤蟆的男生找她麻烦来着。”

“就你多嘴……”

珠利瞪了公珠一眼。可我们的“豆饼脸”公珠信奉“正直是最大的幸福”，那张一开一合的嘴上也没有一个把门的。

“哈哈哈……想要打败男生，只有一个办法。”

“什么办法，老师？”

“近距离作战。只有接近他，才能发现他的弱点……”

听了这话，堵在珠利胸口的那团郁气立刻消散得无影无踪。没错，怎么没想到这招？如果成功，就能像训自家的狗那样随心所欲地收拾那只“癞蛤蟆”了……

夏日宽阔的校园里响起了下午上课的铃声。“洛基山之鹰”站起身来，向珠利挤了挤眼。公珠装作没看见，毕竟，她又不是“史蒂夫·奥斯丁”嘛。

第四章 对决

事情向着一个未曾预想的方向飞奔而去。

第二天早上。

珠利还没起床，对面阳台上“癞蛤蟆”三树的叫喊声就像子弹般射了过来。

“嘿，九利！你到底什么时候才能听话？哎哟哟，废物到六十岁还是废物。你这家伙，怎么能在那儿撒尿？你都多大了？这么大了都憋不住尿！”

可恶！今天的主题看来是尿尿了。不用看也知道，那只丑丑的小黄狗被拴在阳台上，“癞蛤蟆”三树坐在那儿时不时往这边瞥一眼，暗自咬牙切齿。一如往常，珠利从床上蹦起来，把自己的小狗放在窗台上。

“臭家伙三树，我说了多少次了，还把尿当成自来水洗脸呢？到现在你还分不清尿和水啊？我的天，你这么个丑绝天下的丑八怪还知道捯饬自己呢……”

她正狠狠回敬对方，爷爷走到了院子里，抬头望向对面二楼。

“唉，九利！你也是笨，照着三树那小子的屁股蛋啪啪打几下不就消停了？对待不听话的狗，棍棒教育才管用。”

“癞蛤蟆”奶奶一直在旁坐山观虎斗，这时也帮腔道：“算了吧，三树。九利就是只干什么都不成的小破狗。也别和它费口舌了，得照着脑门给它来几下才行。人是三岁看老，这狗现在这副德行，已经歪了正不回来了。这个九利啊，无论你怎么教它，都长不成好狗啦……”

双方唇枪舌剑，战斗足足持续了三十分钟。爷爷和珠利，以及珠利家的“三树”，对战“癞蛤蟆”和“癞蛤蟆”的奶奶，外加“癞蛤蟆”家的“九利”，成了唤醒每日清晨的一道亮丽风景线。

然而，从某一天开始，情况发生了变化。

首先是我们的“小雀斑”珠利。她忍住了满腔急欲喷薄而出的怒火，以及郁气、仇恨和憎恶，沉默地起身，把一块白手帕挂在了窗框挂国旗的杆子上，意思是举白旗、求停战。也许对方也同意暂时停战，又或者是一个巴掌拍不响，这个早上的“狗尿大战”竟然没有打起来。

宁静降临到这个院落。

但这宁静并不等同于和平。从窗户缝偷瞄过去，只见“癞蛤蟆”满脸疑惑，似乎想要探一探珠利一方的真实意图。他轻抚着自己难看的鼻子，很明显，他的警觉度很高。

珠利沉住气。

现在是关键时刻，如果马上就露面嘿嘿嘿地示好，只会让对方觉得此中有诈。珠利又等了差不多十分钟，“癞蛤蟆”那边似乎放松了警惕。他看起来好像有些无聊，在阳台上转悠了一会儿，脱掉上衣，猛地举起了杠铃。

珠利当机立断，一把推开了窗户，“癞蛤蟆”举着杠铃回过头来。珠利朝他粲然一笑。她笑得如此自然，如此美丽，如此明媚。为了能用笑容赢得对方的好感，珠利可谓煞费苦心。

这份苦心果然立竿见影。

“癞蛤蟆”原本还似笑非笑的，此时那张河马般的大嘴咧得能多大就有多大，傻子似的笑了起来。他手里举着沉重的杠铃，连脖子都憋红了，还要咧嘴笑，这副样子有碍观瞻，却实在难得一见。可珠利丝毫没有流露出别的意思。

紧接着，珠利双手拿着笔记本和铅笔，朝他比画了一下，意思是说“我给你写张纸条”。然后，她把已经写好的纸条绑在小石子上，用力向对面二楼阳台扔了过去。

石子如同子弹般飞了出去，一举击倒了举着杠铃的“癞蛤蟆”，咔嚓一声打破了阳台宽敞的玻璃窗。其实，“癞蛤蟆”是为了躲石子自己一屁股摔倒的。和他一起倒下去的还有他的杠铃，压得他一时爬不起来。珠利连忙给他打手势，比画着告诉他：“我不是有意打碎你家玻璃的，看看我给你的纸条吧。”

这时，“癞蛤蟆”奶奶带着全家人一股脑地冲到阳台上，把“癞蛤蟆”扶了起来。

“好好的你砸玻璃干什么？要是九利这狗崽子不听话，你揍它一顿不就得了……”

奶奶抬头，正与对面的珠利四目相对，意识到了什么。“是不是……是不是她扔的石子？是不是？三树，三树！玻璃是谁打碎的？是不是她干的？是不是？”

奶奶身材矮小，却不甘示弱地开始捋胳膊挽袖子。

值此危急关头，稍有行差踏错，就会让珠利无所遁形，插翅难逃。

可“癞蛤蟆”已经趁乱扫了一眼珠利的纸条。他开口说了一句话，立刻熄灭了奶奶的昂扬斗志。

“奶奶，不是她，是我举杠铃摔倒弄碎的。”

他似乎有些羞涩地转过了头，然后又说了一句。

“今天早上，对面的女生已经和我签署了停战协议，大家都散了吧。”

说完他自顾自地离开了阳台。

珠利关上窗户，重新投入被窝的怀抱，忍了半天的大笑容易爆发出来。二姐珠京刚起床，看着珠利捂着肚子在床上滚来滚去，不禁瞪圆了双眼。

“你怕不是疯了！”

“是啊二姐，我疯了。哈哈哈……我真的是疯了……”

“哎哟，我的天！怎么回事！爷爷，啊不，妈妈！珠利一觉醒来就疯了！”

珠京大喊着，穿着睡衣就跑了出去。在爷爷的带领下，全家都一窝蜂地涌进了房间。想起那张含羞带怯的蛤蟆脸上，鼻孔一张一合诚惶诚恐的样子，珠利就笑得停不下来。走着瞧，以后让你惶恐的事可多了去了。

珠利给“癞蛤蟆”的纸条上，用娟秀的笔迹写着这么一段话。

“三树哥哥，为什么每天早上你都要无缘无故说那些惹人生气的话呢？所谓远亲不如近邻，我们理应友好相处，不应该吵架的。其实，我很欣赏三树哥哥威风凛凛的男子气概。今晚八点，我们在后山见一面吧。就在那棵大松树下。我等你，不见不散。”

珠利和公珠在学校叽叽咕咕了一整天，一直在研究晚上的作战计划。

“要是洛基山之鹰能帮我们一把，这计划就完美了。”

“那是自然。怪不得都说不能得罪女人呢，敢得罪我们最强大脑小雀斑，真是活腻歪了。”

“话说回来，豆饼脸，你说洛基山之鹰会同意参与我们的计划吗？”

“别担心，我有办法搞定。”

“可我还是有点儿不太想找他帮忙。”

“别磨叽啦，洛基可是最佳人选。全都交给我吧！”

二人圆满完成了作战计划的制定工作。公珠和珠利握手、拥抱，然后像西方人行贴面礼那样蹭了蹭脸，兹证明二人友谊的坚不可摧。

友谊就是这样的——

无论悲伤还是欣喜，都不想独自躲在温暖的地方。真正温暖人心的所在，总带着熏熏然的馨香，那就是我们年少的日子。我们闹着、笑着，一起欢歌，如同构筑一座通天高塔，点点滴滴积累着我们的友谊。有一位容貌比女子更美的诗人拜伦，曾在他的诗中这样吟咏友谊。

无数恋人的深情

不及我心中友谊的烟火

在我胸中从未熄灭

午休结束后，下午的第一节课是体育。

体育老师的外号叫“扣一分”，另有一个花名“教务手册”。

他粗暴刻薄的态度和他结实敦厚的身躯不成正比。这人总是揣着一本教务手册，只要看到一丁点儿不入他法眼的行为，他就要吼：“你哪个班的？学号多少？没错，‘贞’字班50号，体育扣一分，听见没？”

说着他就用唾沫润湿铅笔尖，在教务手册上重重地记上一笔。

开学才四个月，珠利已经被他记了两笔，公珠更是被记了足足五次。公珠本就爱说傻话，被记五次倒也不稀奇。可珠利被记的那两次实在是够委屈：一次是立正的时候笑了，一次是运动服肋下开线了。

“女孩子家家的，运动服开线了你还穿？显摆你腰细啊？贴身的衣服都露出来了。你，扣一分。”

“老师，运动服开没开线，和体育没有任何关系吧？我穿的时候又不知道它开线了，我冤啊。”

“你这家伙，真是对体育一无所知。无知就是恶，懂不懂！还有，纵观人类历史，穿衣服就是为了保护身体。衣服开线了，怎么会和体育没有关系？”

“教务手册”针对珠利的无知慷慨陈词了三十多分钟。

不过，无论是公珠还是珠利，都并没有很怕被扣分。体育课大部分的打分还是以实际表现为准的，各人的分数都不会差很多。尽管被扣五分的确有点儿多了，但珠利和公珠都坚定地认为，为分数缚手缚脚，无异于自行放弃高中黄金时代应有的自由。然而，大部分老师都是唯分数论，如果不能用考试成绩来约束学生行为，他们会心急如焚。其实，这有什么的嘛，考试时遇到不会的题，听天由命不就得了？（听天由命的意思是指遇事不决转铅笔，铅笔停在哪个选项，就填那个选项。）如果转笔转不出个所以然来，那就不得不祭出终极大招——以“壮士一去兮不复还”的觉悟振奋精神，用“快、准、稳”三大原则武装体魄，然后去行那不轨之事……

当然了，只有像公珠或珠利这样的学生才会有此等大逆不道的想法。大部分的学生为了分数，每天战战兢兢，不敢越雷池半步。特别是副班长“泡面头”这种人，只是见到体育老师打开教务手册，都要变颜变色，如履薄冰，仿佛一只要上“大号”的狗。

总而言之，这天的体育课上，公珠和珠利各自都被扣掉两分并记录在案。马上就要全校体测了，大家都在单杠上练“曲臂悬垂”。“扣一分”像往常一样，翻开教务手册，从名单上点了五个人上杠。为了能在杠上多坚持一秒钟，大家都使出了吃奶的劲儿：有人的腿一直在颤抖；有人梗着脖子青筋暴露，活像根电线杆；还有人身子已经撑不住了，只好用下巴卡在单杠上，面孔朝天，好像脖子断了似的……

“嘿，小雀斑！我可挂不住这个。我都多少斤重了，怎么可能把自己挂在半空？”

“唉，我也是。我虽然不像你有这么大占地面积，可我一做曲臂悬垂，眩晕症就要发作。”

“我俩跑吧。”

“正有此意。瞅准机会，我们跑到那边已经上过杠的队伍里去。”

“豆饼脸”公珠说到最后几乎得意地哼起歌来。两人趁着“扣一分”一个不留神，猫般敏捷地迅速混入已经上完杠的队伍。这种事对她俩来说，简直不费吹灰之力。

众人结束曲臂悬垂的训练后，留下来听老师讲最后的注意事项。正当“扣一分”摆着稍息的姿势，滔滔不绝地解释着动作要领时，公珠先和珠利说起了悄悄话。

“嘿，珠利，那家伙叫三树还是四树来着？我们今天晚上把他吊在那棵松树上如何？让洛基老师帮个忙……”

“嘿嘿，那可就精彩了。那小子脸长得像癞蛤蟆，体格可比你壮得多……”

“我这是帮他减肥呢，嘻嘻嘻嘻……”

哪有女生会这么笑？嘻嘻嘻嘻的。不仅如此，还笑得过于肆无忌惮，拖了好大的尾音。公珠猛吸一口气，想要止住笑。可那吸气声又像吹口哨，反而引起了注意。

果不其然。“扣一分”一下子就转过头来。

“是谁！到底是谁？”

“报告老师，是我。”

不愧是我们的公珠，“正直是最宝贵的品质”。只见她高高地举起了手，迈步出列，却没有胜利归来的将军该有的那份器宇轩昂。没办法，珠利也只得跟着她出列。

“你们交头接耳说什么呢？”

“我……”公珠支支吾吾的。

“扣一分”突然大吼道：“你知道这次体测有多重要吗？要是考不上大学，我看你得三战！”

公珠被他的吼声吓得一哆嗦。

“啊……我们刚才就是在说三战考大学的事！”

“什么？”

“三战皆输……”

公珠惊慌失措，一双眼睛瞪得兔子似的，说话都语无伦次了，把同学们逗得哈哈大笑。珠利立刻意识到，再不出手事情会向不可收拾的方向狂奔，连忙一把薅住了公珠的衣服。

“老师，不是这样的。公珠太胖了，完全做不了曲臂悬垂。所以她刚才和我说恐怕考大学也要三战皆输，要吃很多苦呢。”

“扣一分”闻言眯起了眼睛，唇边勾起一抹微笑。

“过来，你们俩是不是刚才根本没上杠？我可不记得有你这么壮的上去过，对不对？你们俩的上课态度也很不端正，还胆敢逃避上杠练习，各扣两分。听见了没有？”

于是乎，公珠和珠利时乖命蹇，被一口气连扣两分。再怎么态度超然不在乎分数，她俩的心情也不会好。仔细想想，这不都是那只“癞蛤蟆”害的吗？两人在心里把“癞蛤蟆”骂了个狗血淋头。

放学了。

最后一项准备工作是让“洛基”老师同意参与到计划中来。公珠让珠利和她一起去，但珠利不想见“洛基”。她对“洛基”的那股别扭劲儿到现在还没过去呢。要她去求“洛基”，那可是很伤自尊的。

“小雀斑，成了，成了！”

公珠从办公室出来，得意扬扬地喊道。

“他怎么说？”

“他能怎么说……当然是百分百支持我们呀。他说七点在你家坡下面的面包店见。还有，洛基老师说他有个亲戚也住那一片儿……”

万事俱备，只欠东风。现在只要和“豆饼脸”公珠一起回家，等到八点钟去见“癞蛤蟆”就行了。

从珠利家往上走两三分钟就是一个小山坡。

那里本来是个挺大的山头，因为土地开发成风，山头被新建住房一点点蚕食，现在已经不能称之为一座山了。房子堆里蜿蜒而上的小坡，就像秃子脑瓜顶上最后的一撮头发。尽管如此，岩石间顽强存活下来的杂草和几棵大松树，还是能让人品出几分山的况味。其中最老的那棵松树足有一人环抱那么粗，树龄已经超过一甲子。不过，树和人不同，年过六旬也还年轻，依旧威风凛凛、相貌堂堂。

从去年开始，山坡顶上雨后春笋般冒出了一大堆潦草建成的新房子。但公交线路是走其他方向的，所以很少有人到坡顶去。

晚上七点五十，昏黄的天色渐渐暗了下来，夜幕降临。珠利隐身于山石之后，望向坡下，“癞蛤蟆”果然正在往坡上走。尽管夜色中看不清楚，但从狗熊似的体格可以断定，确是“癞蛤蟆”无疑了。

“来了！”

珠利向靠在松树上的公珠眨了眨眼。也不知她喷了多少从二姐珠京梳妆台上顺来的香水，公珠全身上下都散发着浓浓的香味。

“我们先撤了。看你的了，公主殿下。”

"珠利……太黑了，我有点儿怕。"

"真是的，我俩是因为谁才被'扣一分'训的？咬紧牙关，拿出战斗精神来！"

"好的！"

"那边是不是有个男的在健身？你说话的音量至少要保持到能让他听见。"

"别走太远。"

"明白。老师，我去了！"

"洛基"老师一直笑眯眯的，这时和珠利一起躲到了山石后面。珠利被碎石头绊了一个趔趄，差点儿摔倒，"洛基"老师赶忙扶住了她。

"小心，这里路不平……"

"洛基"老师说着。珠利本以为"洛基"老师的手是粗糙不干净的（指甲盖里有污垢那种），没想到并不是。虽然有点儿恶心，但不得不说那手是温暖的。

"就这儿吧，老师。"

珠利甩开了那只手。两人扒着山石往外看，隐隐约约能看到公珠倚着松树的身影。

见"洛基"老师和珠利的身影消失在夜幕中，公珠做了两下腰背拉伸，想放松一下紧张的情绪。这时，对面路上走来一个黑影。随着对方走近，借着旁边住家的微弱灯光，渐渐能看清，正是“癞蛤蟆”的那张丑脸。

“珠利！”

“癞蛤蟆”先开了口。公珠连忙躲到松树后，堵住了一个鼻孔，掐着喉咙说道：“请别走得太近。”

“为什么？”

为什么？公珠要气死了。这还用问？果然天下乌鸦一般黑，莫非你还想趁黑拉拉小手？

“反正……你站在那里就好了。”

“你的声音怎么了？”

“感冒了。”

堵着一个鼻孔，公珠的回答很简短。

“我们说话别这么一板一眼的，放轻松，不好吗？”

公珠很赞成。对这人还要客客气气的，她已经不爽很久了。

“作为男人，我应该先道歉。这段时间真是对不住你，我明天就给狗改名。”

“我倒无所谓啦。”

“别强撑啦，你纸条上不是说了嘛，我们不应该吵架的。”

“谁和你吵架啦？”

“那你是在和我开玩笑？那也不错。不过，我叫一声九利不算过分，你叫三树就未免有几分不成体统了吧。

我可比你大两级呢！你怎么对兄长直呼姓名，三树三树地叫呢……”

“行吧， 那我不叫了。其实，我从一开始就对你印象很不错哦。”

“真的？哪里不错，说来听听！”

“癞蛤蟆”咧着嘴笑开了花，往前又迈了一步，好像要冲上来抓住她的手一样。公珠吓了一跳，连忙往松树后又退了一步。

“哈哈，不是我老王卖瓜自卖自夸，别人见了也都说我相貌堂堂，是条汉子，看着就可靠……”

“癞蛤蟆”说着挺了挺肩膀。

“说实话，从第一眼见到你，你就留给我特别好的印象。你很像那谁……舒洁纸巾的那个代言人你知道吧？对，就是她！你很像她！”

“什么？”

“就是那个，卫生纸……”

我可去你的吧！公珠腹诽，提什么不好偏要提卫生纸？就算他丑得像个癞蛤蟆，还是个体育生，但也不能这么不会说话吧。真让她不知说什么好了。

“那三树哥哥就是木槿花。”

“木槿花？挺好，真不错。别人夸我都从来没说过我像木槿花。嘿嘿，木槿花……”

他那河马般的大嘴简直要咧到耳根子后头了，一个不小心怕是需要手术缝合，公珠继续腹诽。

“不是真的木槿花，是木槿花牌卫生纸，就是那种卷纸。你像那个玩意儿。”

哼哼，这听了还不得气死？公珠在心中暗笑。三树却浑不在意，倒是挺豪爽挺有男人味的，不会为这点儿言语上的冲撞就破坏此刻的和平氛围。

“没事，卷筒卫生纸也好，破烂货也罢，都没关系啦。不提这个，我踢球的时候你会来给我加油吗？”

“才不要！”

“我们不是朋友吗？”

“谁和你是朋友？”

“珠利，不是你早上在纸条上说的……”

“谁是珠利？”

“你……不是……”

“癞蛤蟆”又朝着公珠的方向走了两步。公珠露出自己的脸，嘻嘻地笑了起来。这脸长得本就不好看，她还把头发披到面前，阴恻恻地笑。“癞蛤蟆”被吓得直往后退。

“谁！你是谁！”

公珠看准时机，照着“癞蛤蟆”的胸膛猛推了一把。“救命！救救我！叔叔！爸爸！妈妈！妈妈……”她喊着，一路向前跑去。

还没跑出十步，“洛基”老师就及时出现了，扶住了公珠的肩膀。

“同学，你怎么了？”“洛基”老师焦急地问道。

“我……我正往家走呢，那个男生就冲出来抓住我……”

“什么？有人耍流氓！”

不由分说，“洛基”老师一把揪住跌坐在地的“癞蛤蟆”的领子，把他拎了起来。可事情从这里开始又向一个未曾预想的方向飞奔而去。“洛基”老师抬起手来，眼看就要扇到“癞蛤蟆”的脸上了，下一刻却惊呼出声。

“哎？这不是三树吗？”

“熊哥！”

“癞蛤蟆”和“洛基”老师激动地看着彼此，两人全身都僵住了，手拉着手呆立在那里。

这时已经有几个散步的路人围了过来。

“怎么回事？”一位老人向公珠和珠利问道。

“我们住在坡下面，有朋友住在这一片儿，我们上来找她。刚出来就碰见这个男生，拦路不让我们过。”珠利回答。

“岂有此理！读书人做这种事……”

“没准是假装学生呢？”

两个年轻人插话道。

“没错！真是学生的话，怎么可能在这里拦女学生？旁边那个男的又是谁？”老人问道。

“好像是那个学生的学长。”

“那他也是一伙的吧？”

一瞬间，珠利脑中电光石火般闪过一个念头：何不借此良机，报复“洛基”老师一把？说干就干！

“是的，虽然他离得有点儿远……”

“世风日下，世风日下！”

老人啧啧叹气。这时“洛基”老师一人笑呵呵地朝众人走了过来。

“老爷爷，其实吧……”

“你这家伙！看着人模狗样的，到现在还笑得出来！”

“呵呵呵，不是您想的那样……”

“什么叫不是我想的那样！快点儿，小伙子，你们把那个学生按住，我们得把他俩扭送派出所……”

老人激动地揪住了“洛基”老师的领子。情况突变，公珠被吓蒙了。她刚想往老人那边走，就被珠利抢先一步拦腰阻止。

“赶紧撤。”珠利对她低语道，抓着她不肯放手。

根据珠利的判断，现在最好离开这个是非之地。再磨蹭下去，今天的计划就要前功尽弃。岂止前功尽弃，她们俩多半也会受到严厉的批评。更何况公珠“最宝贵的品质是正直”，她可没法眼睁睁看着“洛基”老师落难。珠利必须死命地抓着公珠不放。

“看你也老大不小的了，怎么留这么长头发？光看头发就知道你不是好人了。跟我们走一趟！你这小流氓……”耳边传来老人的喊声。

看来“洛基”老师的这头长发让老人家误会到底了。嘿嘿，“洛基”老师，有这头长发真是你的福气啊！珠利偷笑，此刻，她真想向“洛基”老师那头女人般的秀发鞠躬致谢。

第五章

和解与出发

明天七点左右，
在光化门的东京面包店见吧。

第二天一大早，珠利就扒着窗户缝向对面阳台瞄，等着“癞蛤蟆”现身，心想他的脸上至少也要贴三四个创可贴吧。不对，更重要的是，真正的战争又要开始了。

然而，珠利的想象完全落空。“癞蛤蟆”出现在阳台上，一张脸完好无损。他也没再次挑起争端，只是脱掉上衣开始举杠铃。珠利顿时觉得好没意思，一把推开了窗户。老天爷，“癞蛤蟆”那边竟然抛过来一个灿烂的笑容。紧接着，阳台上又出现了一个身影。非是旁人，正是“洛基”老师！看来他昨天是在“癞蛤蟆”家过的夜。

“哇！珠利起得挺早嘛。”

“洛基”老师率先笑着朝这边挥了挥手。

珠利既没有回答，也没有笑。昨天晚上，这俩人到底在搞什么阴谋诡计？这情况，还不如“癞蛤蟆”一方照常用“九利！你长这么丑还吃这么多！尿都尿不对地方！永远是一只破土狗！”进行挑衅，倒让她觉得自在些。可“洛基”老师和“癞蛤蟆”对她使用的是彻彻底底的“微笑战术”，两人笑得一脸默契。不管了，其中必定有诈。

“洛基”老师笑眯眯地开口道：“三树是我堂弟。他们搬到这边之后，昨天晚上我们才第一次见。”

“癞蛤蟆”连忙鞠躬行礼。

“小弟淘三树这厢有礼了。有几件事还要拜托兄长。”

“臭小子，拜托我干什么啊？”

“第一件事，请助小弟与昨夜那身材姣好的姑娘再见一面。第二件事，打碎的玻璃窗虽已修好，以后不免也要再被打破，还请兄长海涵。”

“癞蛤蟆”挥了挥珠利那天扔过来的纸条，又向“洛基”鞠了一躬。这时，楼下传来了“癞蛤蟆”奶奶的声音。

“三树！运动的时候小心点儿，别再弄破玻璃窗！还有，好好教育教育九利！”

见楼上没有回应，奶奶似乎有些生气。恰在此时，珠利爷爷推开房门走了出来。

“珠利，赶紧管管三树。这小家伙到处捣乱，昨天把花坛里的土都刨了。”

言语之间，这是直接和邻居奶奶杠上了。

“三树，九利把门口的食盆打翻了，你没看见吗？今天早上必须打它几板子。”“癞蛤蟆”奶奶继续开火。

“珠利，你干什么呢？我不是让你收拾收拾三树那臭小子吗？”珠利爷爷不甘示弱。

双方你来我往，两个老人火力全开。“癞蛤蟆”都听傻了，半晌才看向珠利。两人眼神刚一碰上，他就笑得见牙不见眼。珠利也笑了。

“嘿！珠利，你笑了！”

“癞蛤蟆”指着珠利，捧腹大笑起来。珠利也忍不住大笑出声。关上窗户，她转过身不知道又笑了多久，连眼泪都笑出来了。

正闹得不可开交，不知何时珠利的爸爸“百科全书”和癞蛤蟆的爸爸“B29”爬上了各自院中的假山石，隔着院墙叙起了同窗之谊。二姐珠京则隔着窗户缝往对面瞧。

“珠利，对面那个男的是谁？”

她问道，手指的正是对面阳台上的“洛基”老师。

“哦，他是我们学校的美术老师，是隔壁家的亲戚。”

“是吗？”

“你对他有意思？二姐，你过来。”

珠利把珠京拉到身边，突然推开了窗户。

“老师，这位是我姐姐！”

“啊，您好！”

您好？只见“洛基”老师脸上的笑容瞬间消失，面红耳赤的，好像要上“大号”的小狗。与之相反，珠京倒是眼睛滴溜溜地转，好似座钟附体（毕竟座钟的指针也是滴溜溜地转的嘛）。

“您好！”

“啊，您好……”

又是“您好”。你平时不是干什么都游刃有余的吗？关键时刻就会说“您好”？没想到一见珠京，“洛基山之鹰”竟然表现出了前所未有的紧张。

一到学校，就见到公珠在那儿垂头丧气。

“珠利，这可怎么办啊？”

“什么怎么办？”

“洛基老师！昨天他没事吧？”

珠利闻言不禁笑了起来。

“哈哈哈……你知道吗，癞蛤蟆说想再见你一面。”

“什么？”

快看！我们的“豆饼脸”一听“癞蛤蟆”想见她，精彩表情绝不能错过！如同西伯利亚荒原般宽阔的面颊上，平添一抹娇艳更胜晚霞的红晕，十里宽的大嘴笑得合不拢。唯有那双好看得不像话的眼睛始终亮闪闪的，用夸张点儿的话来形容，俨然两颗黑珍珠。她轻轻咬着小拇指，扭动着壮硕的身躯，扭扭捏捏地说：“那什么……癞蛤蟆他……那什……什么意思嘛……”

连着说了两次“那什么”，这份扭捏简直和珠利她爸被爷爷制裁的时候有一拼。

“你喝了维生素功能饮料了？扭来扭去停不下来？”

“我才没扭呢，就是后背有点儿痒痒而已。”

“你想见见癞蛤蟆吗？”

“不了吧，那什么……”

“不去就不去呗，还‘那什么’起来了。”

“是了啦。”

公珠说了一句“是了啦”，接下来又不知道说什么好了。“那什么”招来了珠利一顿不依不饶，她除了最近学校里流行的“是了啦”，也就没别的话可说了。公珠现在心情焦躁得如同大夏天太阳下的沙滩，珠利看得明明白白，却还是好整以暇地说道：“其实吧，那只癞蛤蟆也有不错的地方。既有男子气概，长得也还过得去。仔细看看，还有几分像爱德华·罗宾逊呢。”

“爱德华·罗宾逊？”

“嗯，是叫这个名，当然是个外国演员啦。当年他比现在的查尔斯·布朗森还红呢。”

“是了啦，我也觉得癞蛤蟆还不错！”

哎哟哟，珠利只说了一句话，公珠就把该说的不该说的全招了。

“癞蛤蟆他……他昨天晚上……说我那什么……很像那个舒洁纸巾……的代言人。”

“他说你像舒洁纸巾？”

“不是，那什么，是像舒洁纸巾代言人……”

呵呵，“正直是最宝贵的品质”，没想到公珠也会睁着眼睛说瞎话。“癞蛤蟆”说像舒洁纸巾代言人的女生，可不是豆饼脸。他只是把公珠错认成了珠利，公珠却美滋滋地欣然接受了。尽管对前因后果了然于心，珠利还是忍住了没笑。果然，一个“眼里有光”的女人，一个多愁善感爱做梦的少女，在追逐爱的讯息时，眼里是看不到其他事物的。

“反正……”

珠利还是不得不替她做决定。

“你就见癞蛤蟆一面。他已经被你的魅力迷晕了，生存概率1/2（被迷得要死要活）。”

“不……不要啦。”

哼，到底还是个女孩子，还知道害羞。公珠嘴上说着讨厌，耳垂却已经红得像熟透了的柿子。

“这么说吧，我看这癞蛤蟆脾气不是一般古怪。你要是不肯见他，搞不好他要为你放弃踢球呢。我的第六感告诉我，一定会这样。”

“这……”

“你还不知道癞蛤蟆是个多么前途光明的足球运动员吧？这种好苗子要是不踢了，简直是国家的损失。他能不能继续踢球，全看你了。”

“这……那什么，to be or not to be……”

“我就直说吧，这就是生存还是死亡的问题。”

“那……那我也没得选了。照你说的，我要是不肯见他，就是背叛祖国了？”

“差不多这意思吧。”

“好，见就见，有什么的。我同意了。”

完美！真是完美！尽管这事干起来风险极高，但为了朋友，勇敢珠利，不怕困难！话说回来，公珠是“蛤蟆女孩”，三树是“蛤蟆男孩”，这不是天造地设的一对嘛。谁又能阻止一对璧人共赴十二点之约（子夜相会）呢？简直是天作之合。不管了，癞蛤蟆和癞蛤蟆也是有见面约会、进一步发展的权利的！

午休时，副班长“泡面头”过来阴阳怪气地甩了一句话。

“小雀斑，有人叫你去一趟。”

“谁？”

“洛基山之鹰。”

“去哪儿？”

“美术教室。不过你可别高兴得太早，他看起来很生气。”

“泡面头”还记恨着珠利和公珠，一见到她俩，就像仙人掌似的，全身的刺都支棱起来了，一个人在那儿咬牙切齿。真是的，看她单方面斗志昂扬，珠利根本懒得和她纠缠。

“你什么意思……”

公珠最讲义气，立刻也来了气。

“算了。”

“她说这话可真没意思，你还就这么算了。她每句话都带刺，真够膈应人的。”

“是了啦，那也算了吧。现在更重要的是，洛基山为什么要找我？”

“当然是为了昨天晚上的事了。怎么办？”

“去了自然就知道了。堂堂豆饼脸，竟然这么胆小怕事？你赶紧去情绪净化室（厕所）净化一下吧。你现在就跟一只需要排泄固体沼气（大便）的狗狗似的。”

珠利安抚好公珠，独自去了美术教室。

美术教室里只有“洛基”老师一个人。他坐在天光照不到的暗影里，正望着操场出神，侧影看起来格外隽秀斯文。

“坐。”“洛基”老师指着旁边的椅子说道。

珠利坐在了椅子上，目光随着“洛基”老师一起望向操场。操场边种着两排法桐和白杨，每条长椅上都成双成对地坐着穿白色夏季校服的女生。此情此景，美得如同风景明信片。无人的操场上面，是碧蓝的天空。

“昨天晚上，托你的福，我可是被好好教训了一顿，还进了趟派出所。”

“这都是您自己运气不好嘛。”

“什么？运气不好。哈哈哈……”

“洛基”老师这么笑起来的时候是很有魅力的。他的牙齿又白又齐，肩膀一耸一耸的，像个小少年。

“所以，您把我叫来是要教训我吗？”

“当然，必须教训教训你。”

“洛基”老师摆出一副严肃的表情。

“怎么教训？”

“你问我怎么教训？”

“您是要罚跪还是打手板？”

“请你家长来一趟吧！”

“洛基”老师的表情越发严肃，仿佛在大声宣布什么重要决定。珠利如遭当头棒喝，愣住了。他要请家长？

“老师！”

“你省省吧，没有必要和我狡辩。听明白了吗？卜珠利。”

“淘汰鹅无油”。珠利勉强忍住没有爆发。

“听明白了。您的意思是我没系安全带喽？”

“没系安全带？”

“就是不受约束的坏学生的意思。”

“哦，这么个‘没系安全带’啊。哈哈哈哈……”

“洛基”老师放松了些，又男孩子似的笑了起来。此人到底是何居心？对此刻的珠利而言，他简直是雾中的奖忠坛公园（若隐若现看不清）。

“对了！”

“洛基”老师突然压低了声音。他挠着后脑勺一脸娇羞，和刚才说起“癞蛤蟆”时公珠的表情如出一辙。

“老师，您想说什么？”

“那个……那……不是，没什么。”

他明明想说什么的，却没说出口，还换上了一副不尴不尬的表情。珠利的大脑飞速运转，脑海中闪过一个念头。没错，就是这么回事！现在主动权又到了她手上啦。

“老师，请家长的话，能让我姐姐替我父母来吗？”

“你姐姐？”

“对啊，我爸爸妈妈很忙的。”

“那……好吧。你姐姐来也可以！”

“洛基”老师的双颊瞬间染上红晕，珠利可没错过这精彩一幕。呵呵，还真是别有用心！看来，他的目标从最开始就是珠京。

“好的，老师。不过能不能别在学校见？找个面包店或者茶坊。来学校怪不好意思的，我姐万一害羞可能就不来了。”

“没问题。那明天七点左右，在光化门的东京面包店见吧。”

“遵命，老师。还请您多多美言。”

珠利忍着笑离开了美术教室。

想见珠京姐？哪有那么容易，她又不是只有珠京一个姐姐。珠利想到的是大姐珠顺，她虽然还没有成为嫁不出去的老姑娘，但她的化妆品消耗量与日俱增，神经质越来越明显。明明是男中的老师，却很热衷于做美甲。从近期的种种表现来看，这大概就是“恨嫁综合征”的初期表现吧。想想大姐每说一句话镶金的大门牙都闪闪发光，说不上来是好看还是难看的脸上架着一副细框眼镜，没准对“洛基”老师来说，倒是苦口良药呢。现在一口气要完成“癞蛤蟆”三树和公珠、大姐珠顺和“洛基山”的两两配对，这几天真有的忙了。

这算哪门子事啊，珠利腹诽。人家上演子夜相会的戏码，却要她一个人在旁边写小作文。不过，这次的“主题”她还是很喜欢的。珠利在日记本上信马由缰地写下了“12”“1/2”这些语焉不详的数字，仿佛侦探小说里的密码，心中小鹿怦怦乱撞。

唉，鞋子都成双成对呢，我的那个他，还在何处经历千难万险向我赶来呢？

珠利独自坐在紫藤花下的长椅上，生怕别人看出自己的心思，羞得脸都红了。在人生这场漫长无涯的旅程中，这次的小作文“审题”，让珠利感受到一种出发上路的新鲜感。

这就是人生！我的人生正从未知的彼岸一步一步向我奔驰而来！

“大姐，明天有空吗？”

一进家门，珠利就碰见了刚下班正在换衣服的大姐珠顺。

“什么事？不过借用我的时间可是要付利息的哦。”

“没问题，我需要占用大姐的一点儿时间啦。”

“我的宝贵时间可不能轻易给你。”

“嘿嘿，我是要帮自己找个大姐夫啦。”

“什么？”

“算了。我本来是想给你介绍个帅哥的，既然你没时间，我就去问问二姐好了。”

珠利眼珠一转，珠顺就立刻追问起来："喂，你急什么？又不是跑防空警报。"

珠顺说着便拉住珠利的手把她按回原位。她刚脱了衬衫，换T恤换到一半，衣服还挂在脖子上，看上去跟没脖子似的。

"你这小耗子还能认识什么男的？"

小耗子，什么小耗子。淑女有这么说话的吗？看来她是注定嫁不出去了。珠顺这个人，什么都好，连门牙都镶了金，就是这张嘴不饶人。对了，她的声音也与外貌不符，粗得像个男人。

"我们学校的美术老师。"

"啊？那算了吧。老师我可见太多了。"

珠顺闻言立刻转身坐下，啪啪啪地拿着粉饼往脸上拍。她自己就是老师，认识的男老师可多了去了。不过，要是这么容易就退缩，那可就不是珠利了。

"你以为是那种普普通通的老师吗？他还是个画家，作品曾经四次入选全国大赛特选佳作，听说明年还要全世界巡展呢。"

"真的？不是'G弦上的咏叹调'？"

"当然不是啦。"

哼，珠顺又摆出一副无所不知的架势来了。"G弦上的咏叹调"是学生之间的"黑话"，指落榜生。估计是她从学生那里偷听到的，还活学活用起来了。

“其实吧，我们班美术老师曾经见过你一面呢，被你迷得神魂颠倒。”

“我的天！他在哪儿见过我？”

“我也不知道他在哪儿见过你。不过他提起了你的金牙。”

“我的金牙？他说什么了？”

“他说真是‘Three three’（‘三三’通‘闪闪’）发光呢。”

“是吗？”

珠顺一听，立刻把镜子拉到面前，咧着嘴端详起自己的金牙来。她用指甲敲了敲金牙，看来颇为得意。

我的老天爷，珠利在心中连连咂舌。

就算没别的优点可夸，也不会有人去夸这颗大金牙的。大姐怎么连这一点儿都想不明白？

这倒不是说大姐珠顺长得像“豆饼脸”那么难看。她虽没有二姐珠京那么漂亮，但也还看得过去。“豆饼脸”的那张大宽脸上，眼睛鼻子嘴全都各长各的，完全是“地方自治”，而珠顺的这张脸上，五官倒是长得很“中央集权”。不过，她的那颗金牙确实煞风景，让整张脸大跌水准。可笑的是，珠顺却把这颗金牙当成勋章，珍爱非常。

“明天晚上七点，东京面包店见。”

“你也一起去？”

“我是一起去，但是我有别的事。”

“什么事？”

“我要见邻居家的那只癞蛤蟆。”

“你是说他家的那只狗？”

“不是，不是狗，是那个踢球的。”

“你这么一只小耗子，还和男生约会？”

“我是要把公珠介绍给他。”

“你不是说你们老师也一起去吗？”

“没关系的，洛基老师也想见到我们化干戈为玉帛呢。反正嘛，三树比我大，他爸又是我爸的朋友，老师又是他家亲戚。对他们不要戴有色眼镜，我没有别的意思啦。”

从学校回来，珠利做的第一件事就是给“癞蛤蟆”写了一张小纸条，像之前那样扔到了他家的阳台上。“癞蛤蟆”一把接住了纸条，笑着朝她挥了挥手。看来他明天七点一定会准时出现在东京面包店的。

全都准备好了。珠利这一夜睡得很是香甜，连梦都没做一个。

大姐珠顺现在就已经按捺不住激动的心情了，往脸上又是敷鸡蛋又是贴黄瓜片，搞东搞西的。珠利也管不了那许多了。

第二天的午休时间，班里举办了一场“转笔”大赛，进入决赛圈的是“泡面头”、慈景和珠利。

比赛分为两种方式。

一种是比谁转得快，一种是比谁转笔的花样多。转笔活动兴起于男校，现在也成了女校生活的一部分。甚至有人一边上课打瞌睡，一边不忘转动大拇指上的圆珠笔。

竞速赛中，慈景的手速可谓一骑绝尘。

与慈景一比，珠利和“泡面头”的转笔速度简直就是小学生。但要论起会多少种花样，慈景就比不上珠利和“泡面头”了，毕竟她会的转笔方法只有五种。

自然，站在最终对决舞台上的，是“泡面头”和珠利。

“小雀斑，加油！”

公珠高喊助威，众人还有节奏地拍起手来加油鼓劲。

对面“泡面头”一伙也不甘示弱，也一边叫喊一边拍手。

“吴智英，必胜！”

除了班长康姬，高一“贞”字班的所有人自动分成了两个阵营，每个人都拿着笔，把“泡面头”和珠利团团围住，窗外是炽烈晴朗的夏天。

“转笔大赛”的决胜局，实在难分胜负。

“泡面头”用大拇指转，珠利就同样用大拇指转；珠利改成用食指转，“泡面头”也立刻跟进。双方势均力敌，比赛进入白热化阶段。已经换了六种花样了，“泡面头”和珠利两人依旧丝毫不见心浮气躁，四周围观的同学不由得纷纷赞叹。

“你们这是在现场作法吗？这什么‘转笔大神’附体啊！”

“生理现象”慈景感慨。

“要是奥运会有转笔这个项目……”“豆饼脸”公珠满面艳羡地喃喃说道。

“就算有，以你的水平，连国内本地区的预选赛都过不了吧。”“废品”美林噘着嘴插话。她负责班级的社会志愿服务，每个月都要让大家上交一次废品。她本人拼死拒绝“废品”这个外号（废品？我可是年方二八，五月花朵般生机盎然的美少女，竟然叫我“废品”？），但收废品这事让全班怨声载道，所以她很难摘掉这个悲惨的帽子。

最近“废品”唯独与“泡面头”交好，一见珠利和公珠，大嘴就噘得老高，恨不能直接开骂。

“你个废品懂什么！”心情不爽的公珠立刻猛力回击，“你好好审题行不行？我没说我参赛，我说的是奥运会有转笔这个项目的话，珠利也能拿冠军。”

“那智英得第几？”

“得第几？泡面头当然是满盘皆输啊。”

“呵，一点儿都不好笑……”

“好笑？我又不是演喜剧的，没事闲得来逗你笑？”

这时，慈景一把抓住公珠的手，悄声道：“注意注意，胜负要见分晓了。”

“见分晓？”

“你看，泡面头好像要输了。”

果不其然，在玩到第八种花样的时候，“泡面头”的笔掉了。她捡起来再试，笔还是掉了。

“真不愧是珠利啊！”

“转笔女王卜珠利！”

大家纷纷鼓掌喝彩。

珠利用中指转笔都游刃有余，并向围观者展示了高达十一种的转笔方式，令人叹为观止。

吱呀呀，教室门被推开了，教历史的“斜耳朵”老师走了进来。

大家都太投入了，没听见上课铃响。见围观的学生们作鸟兽散，“斜耳朵”老师扶了扶眼镜，站得笔直。这个动作预示着，他将就大家课前不好好做准备而至少念叨上二十分钟。

一到七点，东京面包店里就人满为患，一张空桌也没有。不仅如此，通往二楼的楼梯口还挂了个警示牌：如无成人陪伴，初、高中学生谢绝入内。面包店竟然不许初中生、高中生进？现在可是新时代，20世纪70年代都快结束了，还这么搞，真够招人反感的。

“九利，怎么办？”

“有什么怎么办的？挂这么个牌子，只为讨好大人，简直可恶。”

“可我们进不去的话……”

“你不是行动派吗？这就慌了？我们是青少年，正在长身体，就吃个面包，我看谁敢说什么？更何况，洛基老师也会过来的……”

“他真会来吗？”

“不来也没关系。谁要赶我走，我就跟谁干一架。”

“干架？”

“对，我们必须勇于斗争。这里说破天也只是个面包店，本就是让年轻学生吃点儿便宜西餐的地方，凭什么不让我们进呢？都是那些自私自利的大人，想霸占这里吃喝玩乐，可不能让他们把我们赶出去。”

珠利抢先一步，大步流星地走上了二楼。所幸“洛基”老师已经到了。不对，不仅“洛基”老师一个人到了。大姐珠顺、“癞蛤蟆”都在，人齐了。

“那什么……我已经帮他们互相介绍过了。”

“癞蛤蟆”犹豫着从座位上站起身来，指着对面卡座拐角的位置说。珠利这才看清，大姐珠顺和“洛基”老师坐在卡座面对面的两个角落里。

“不过，不知道哪里出了问题，我哥看起来兴致不高啊。”

“哈哈，这样啊，没准是……”

“这样是哪样？”

“可能很介意我姐那颗金牙吧。”

珠利一个人咯咯地笑。“洛基山之鹰”盼星星盼月亮，盼着能见二姐珠京一面，现在恐怕很受伤。

仔细观察，就能发现“洛基”老师和大姐珠顺各怀心事。珠利骗珠顺，说她那颗金牙好看，她竟然傻傻地信了。现在无论聊什么内容，她都要露齿而笑，竭尽全力想让她的金牙（准确地说，应该是在缺失的门牙中间补了一块金质材料）再多露一次面。而每当那颗金牙显露真容，“洛基”老师都像是看到什么不该看的东西，眼珠子疯狂地四处乱转。

“昨天真对不起。”

公珠红着脸对“癞蛤蟆”柔声道歉，活像刚进门的新娘子。

“不要这么客气，没什么，挺有意思的。”

“被扭送派出所也很有意思？”

“那倒没什么意思。要是没遇到昨天晚上的事，我这种正直善良好青年，怎么会因为调戏女生被扭送派出所呢？”

“天啊！”

公珠立刻满脸写满感动，她还真是很容易被感动。对方就说了这么几句话，她就把大嘴张得足有一拃宽，可她也没镶金牙啊。

“星期六我有比赛，你来看吗？”

“你真的是足球运动员？”

“你来看一次不就知道了嘛。周六这场是首尔市高中足球联赛的决赛，我踢中锋。”

“哇哦，中锋？”

“没错。你别看我这样，在球场上我可是比蝴蝶还轻盈呢。”

“我去看。我得做个捕虫网带去现场。”

“捕虫网？”

“你太轻了，要是比球先进了球门可怎么办？这个时候捕虫网就派上用场了，我可以把你给网住。”

“哈哈哈……绝了绝了……”

这俩人还真是一拍即合。左看右看也找不出这“癞蛤蟆”身上有什么能吸引女生的地方，可公珠和他还没见几面就这么有默契。珠利已经偷偷捅了几次公珠粗壮如山的腰，“豆饼脸”却毫无反应。女人，你的名字是弱者！珠利苦涩地咂了咂嘴。

“体育场估计会人满为患，我也不知道你们坐哪儿。所以，如果我比赛时举起双手做‘万岁’的姿势，那就是发给你们俩的暗号。”

“哈哈……真有趣。其他人都不知道是什么意思呢。珠利，我俩也举起双手，当作回复的暗号吧。”

“只是举起双手，我能看见吗？”

“那……对了！”

公珠不由分说，一巴掌拍在了珠利的大腿上。事情变得越来越有意思了。想要拍大腿，就拍自己那西伯利亚荒原一样宽的大腿嘛，拍别人的腿做什么。

“我带一块红布举在手里，这么站起来一挥，估计整个球场的人都能一眼就看见呢。”

公珠说着站了起来，手里比画着，仿佛真的展开了一张红布，把它举得高高的。癞蛤蟆立刻咧开了那张河马般的大嘴。

“好，就这么定了！”

这时，“洛基”老师独自坐到了珠利身边。他身上隐隐散发着香水味，看来为了见珠京，他还精心打扮了一番，但他的表情阴沉如寒冬。

“到底怎么回事……”

“洛基”老师问珠利。

“你姐姐为什么一直不停地笑？”

“哎哟，老师！您找学生家长谈话还这么挑三拣四的啊？”

“不，不是……我哪儿挑了？”

“那您是在夸她喽？”

“怎么……不算呢……也可以说是在夸她吧……不过，你姐怎么动不动就要聊她那颗金牙？”

“那您又聊了什么呢？”

“我就是提了提你不懂规矩的事。”

“老师，不要啊。您把我说得太糟糕，我姐就要连夜发功了。”

“发功？”

“对啊，我姐可是跆拳道三段。”

“什么？”

“不久前，有个男的招惹姐姐，结果被打得肋骨骨折了。真人真事！”

嘿嘿，吓死了吧？珠利表面上看起来痛心疾首，实则看着“洛基”老师骤然变色的惨白面孔，她心里直呼快哉过瘾！

“淘老师！”

珠顺忍了一会儿没忍住，还是跟了过来，唤了“洛基”一声。她费劲心力想让声音温柔甜美些，可说出话来还是粗声粗气像个男人。

“怎么能把女士一个人晾在一边？我们快走吧，作为学生家长，我来请您吃晚饭。呵呵……”

又是呵呵。金牙在日光灯的映照下，如同十字军的铠甲般闪亮。“洛基”老师本能地缩了缩脖子。

“老师，您先走吧。我们几个也马上就回家。”

“那就赶快回去。学生不能老待在这种地方。珠利是个懂事的孩子，您就别担心了，我们赶紧走吧，赶紧的！”

“哦，好吧……”

“洛基”老师只有唯唯诺诺点头的份儿。珠顺干脆拉住他的胳膊，拽着“洛基”老师往收银台走去，那架势好像要把他拉去屠宰场。看看珠顺老鹰抓小鸡般的动作，她的背影是如此高大威猛，如此充满自信。

女人，你的名字是强者！

第六章

足球比赛

虽然不知道『爱』是如何发生的，
但它确实为人们赋予了力量。

从那天开始，大姐珠顺又添了一个毛病。涂粉底、擦眼影、画眼线，在镜子前一坐就是一两个小时，作为女人倒也无可厚非。可龇牙咧嘴，全方位多角度地欣赏那颗金牙，还做出一副撒娇的样子，这就有点儿过了。看她呵呵、呵呵地痴笑，都能算得上一种病了。细究病因，罪魁祸首无疑是珠利的那句谎话。那天从面包店回来之后，珠利对珠顺这么说——

“淘老师说，你最有魅力的一点就是你的笑声。还说什么来着，对了，他说他终于感受到什么叫‘傻傻惹人爱’了。他可真厉害，都夸到点子上了，竟然懂得女性魅力的最高级就是‘傻傻惹人爱’。”

“他看人的眼光怎么这么好啊？”

“我不是告诉过你他可不是一般人吗？”

“确实，他长那么帅，还风度翩翩的，比一般人强多了。他见我之后，还问了我一个问题。”

“问什么了？”

“他问我，这颗金牙镶多久了？”

珠顺模仿着演员的语气，低下了头。珠利简直气得要背过气去，但还是强作镇定，不动声色。

“所以你是怎么回答的？”

“就说镶了快十年了啊。”

“然后淘老师又说了什么？”

“他说，果然还是金子好啊。世事变幻无常，这颗金牙倒是历久弥新。”

“还在说金牙？”

“你不懂，他这是当着女孩子的面，不好意思夸我漂亮，就只能换个表达方式啦。他这样害羞，倒是也很‘傻傻惹人爱’呢。”

傻傻惹人爱……这是在夸人呢，还是在骂人呢？

珠顺连意思都没搞清楚，就把珠利这句随口胡诌的话到处乱用。如果“傻傻惹人爱”是最高级别的赞美，那也不是在夸她的金牙或者她仪态全无的呵呵傻笑。可自此之后，珠顺是吃饭也呵呵，听音乐也呵呵，睡着觉都能呵呵。有一次，二姐珠京起夜去厕所，被黑暗中呵呵直笑的珠顺吓了一大跳，把全家人都惊动了。

发生变化的不仅仅是珠顺。

“豆饼脸”最近也总是笑。她数着指头，盼着星期六比赛日赶紧到来。从楼道到小卖部短短一段路，她也要兴奋地蹦蹦跳跳。一个不小心，她可能就会幻觉自己变成一只蝴蝶，像生化女超人那样轻轻松松地从二层教室跳下去，着实令人担心。

每每看到公珠这样，珠利都会一个人躲到操场旁没人的泳池边，或者后山的矮松下。望着晴朗的天空，望着灿烂的阳光，她陷入了沉思。

所谓“男人”，对我们女人而言，到底意味着什么？

不，其实，珠利思考的不仅仅是“男人”这两个字，而是何谓“爱”。爱，到底长什么样？是什么颜色的？有什么声音？她也有点儿羡慕公珠和珠顺。虽然不知道那份“爱”是如何发生的，但它确实给她们赋予了一种力量。看看吧，公珠和珠顺最近每天都好开心，笑成一朵花。而这样的“出发”什么时候才会发生在她自己身上呢？

啊，好烦。

很少有问题能让珠利扶额思来想去。

想不通啊想不通。从来没什么能难倒珠利，她的才智和鬼点子却对这个问题束手无策。所谓爱情，刚开始的时候轻如鸿毛、微不足道，甚至不足以称之为爱情。但继续发展下去，最终还是会变得复杂，充满尔虞我诈，斗智斗勇。

所以，爱是象形文字。

珠利得出这样一个结论。无论多么博学的考古学者，都不能像信手拈来解化学式那样去解读象形文字。象形文字的意义就在于无法解读。因为那里面隐藏着太多的故事、太多的迷雾、太多的风雨、太多的时光。所以，有很多的老师教我们数学、自然科学、物理、家政，却没有一堂课去教我们什么是“爱”。毕竟，没有办法把这象形文字般的“爱”，出成四选一的客观题。

这天早上，当公珠拿着块红布在她面前抖来抖去的时候，珠利才意识到，今天是星期六比赛日。

“什么东西被打破了反而会被夸？”公珠问道，笑得像个孩子。

“兴甫[①]的那个瓠瓜呗。”

“兴甫的瓠瓜？”

“因为里面全都是宝贝嘛。”

“有几分道理，不过还是答错了。正确答案是新纪录。今天是我史上首次观看足球比赛的日子，创造了公主殿下的人生新纪录！”

公珠手里揪着红布一角扭捏着，还吐了吐舌头。清晨的阳光透过玻璃窗照进来，阳光下那红色越发炫目，窗外的万里长天则如同一匹钴蓝色的锦缎。

孝昌运动场里座无虚席。珠利和公珠在主席台对面的看台上找了两个位置。

“你快看那边！”

公珠指向决赛双方学校的助威团。“癞蛤蟆”他们学校的学生正在脱上衣。午后明亮的阳光下，几千个光膀子在一起糊成一团，分不清谁是谁。

---

① 译者注：兴甫为韩国民间传说《兴甫和弄甫》中的主人公，传说讲述的是一个善有善报恶有恶报的故事。兴甫和弄甫是一对亲兄弟，哥哥弄甫为人贪婪吝啬，霸占了全部家产。弟弟兴甫善良正直，穷得家徒四壁。兴甫偶然救了一只受伤的燕子，燕子报恩衔来一粒种子。兴甫将种子种下，结出几只硕大的瓠瓜。锯开瓠瓜，其内涌出无数粮食和财宝。弄甫看得眼热，强行弄伤一只燕子再救治。燕子也带来一粒种子，种下后也结出大瓠瓜。弄甫锯开后，瓠瓜里涌出的是污物和恶鬼，弄甫受到了应有的惩罚。

“还不错，对吧？”

这都什么啊，还不错？再怎么情人眼里出西施，“豆饼脸”公主殿下也不能睁眼说瞎话啊。珠利真怕她一激动也把上衣脱了。

很快，决赛开始了。

在场上踢中锋的“癞蛤蟆”和他在家里的样子判若两人。虽然说不上身轻如蝶吧，但也当得起敏捷如猫四个字。尤其是带球突破的时候，简直气势如虹。珠利也不禁惊叹，肥猪似的粗壮身体竟然能做出这种动作？

“加油，加油！”

公珠拼命呼喊着。只要球在“癞蛤蟆”脚下，她就挥舞那块红布，仿佛在高呼万岁，没有一刻停歇。

“豆饼脸小姐，求您能消停一会儿吗？”

“我怎么安静得下来？”

“我这脑袋嗡嗡的……”

“嘿！珠利，快看！癞蛤蟆朝这边挥手了！”

果不其然，“癞蛤蟆”开始向她们发送约好的暗号。他踢着踢着，不时转过身来做一个“万岁”的手势。做一次他还不满足，他继续在那里“万万岁”“万万万岁”“万万万万岁”，接连比画了五次。

公珠越发兴奋。“癞蛤蟆”比画“万万万岁”的时候，她喊着：“加油！癞蛤蟆加油！”站起来挥她那块红布作为回应。如是反复了至少五六次。

“这位同学！你老这么站起来，挡住后面的观众了。就算是加油，也要有时有晌的吧……”

公珠的占地面积着实不小。一个胸围九十八厘米的人无数次频繁站起坐下，后面的人纷纷抱怨起来。可公珠充耳不闻，完全没有一点儿节制的意思。“癞蛤蟆”也不遑多让。一带到球就“万岁”，飞速奔跑也“万岁”，甚至球从他眼前飞过去了，他还在那儿“万岁”。

“不对吧，他干什么呢？”

“他们家祖上是不是参与过独立运动[①]，所以才这么爱喊万岁？”

“现在可不是开玩笑的时候。身为中锋心思不在球上，满脑子‘万岁’，这情况可不乐观啊。”

“不过目前为止，他是场上表现最好的。”

“这人是不是有病啊？胳肢窝里长了几十只跳蚤，才这么疯狂抬胳膊吧……”

后座观众议论着。体育场里热情的加油声一浪高过一浪。尽管优势在“癞蛤蟆”他们学校，但上半场结束时，双方比分还是零比零。

“老天爷！他简直就是球王贝利附体啊！”

---

① 译者注：“独立运动”指20世纪上半叶韩国人民在日本殖民统治下争取民族独立的运动，口号是“大韩独立万岁”。

“嗯，球王贝利。”

珠利无言以对，只能随声附和。她知道安公珠根本就没见过贝利是怎么踢球的，只是知道这个名字，就安在了“癞蛤蟆”头上，让她不由得有几分怜悯她。

“珠利，以后还是给癞蛤蟆换个外号吧。”

“那叫他什么？”

“国产贝利，怎么样？”

“您最好留个把门的，我谢谢您了。我是说你鼻子底下那个门……”

“你不是也说他像贝利吗？”

“我是说过。我是说他脸色黑得跟锅底似的，这点像贝利。你不带审题的吗？”

“算了，哼！”

公珠气鼓鼓地转过头去。她嗓子已经喊哑了，满头满脸都是汗。幸好幸好，看来下半场不会再被吵得脑子嗡嗡的了。现在的公珠就算想喊，也只能发出气声。

下半场开始了。

公珠喊不出声，就改为扭动身体，她是不是疯得过头了？不过，在她彻底疯狂之前，体育场里发生了一件怪事——对面看台上也有一个人开始像公珠那样站起来挥舞红布。

公珠倒没什么，球场上的“癞蛤蟆”却陷入了困惑。

两边看台上交替出现一块狂舞的红布，他好像分不清到底哪边是公珠和珠利了。他左看看右看看，一时不知所措，最终开始向两边轮流“万岁”起来。

“这边，这边！”

公珠气得直跺脚，可也拿他没办法。

“对面到底是谁？”

“不知道！”

“Dog baby，狗崽子！”

公珠已经口不择言了。虽然看不清对面挥舞红布的人是男是女，但公珠无端端就断定那人是个男的。

“豆饼脸小姐，你觉得对面的人看你这么折腾就不会骂你吗？”

“骂我什么？”

“恐怕是‘疯婆子’。”

“太过分了，真是太……”

公珠的眼睛里已经盈满了泪水，猛地站了起来。她意识到她不该这样，但这个念头也只是一闪而过。珠利心里也很不舒服，所谓爱情就是这么盲动吗？这，真的是爱情吗？一段爱情开始，就意味着眼里再也没有朋友、没有别的了吗？

“你去哪儿？”

“和你没关系。”

“你是要去五谷轮回之所（厕所）吗？”

“不是说了和你没关系吗？！”

公珠头也不回地消失在了人群中。

估计是去对面看台找那个挥舞红布的人了。以公珠的脾性，肯定要大闹一场。珠利在座位上望向球场，“癞蛤蟆”还在两边轮流着“万岁”呢。

第七章 冷战

嘴上说着『不理你了』，
但要做到『不理』绝非易事。

星期一早上，公珠和珠利在教室门口碰上了。哎呀，公珠一方先瞥过来一眼，然后迅速把视线移开。珠利下意识地想笑，心里却涌起一阵难过，站在走廊上迈不动脚步。

“哼，不理你了……”

嘴上说着“不理你了”，但实际上要做到“不理”绝非易事。

直到昨天两个人还好得跟一个人似的，骤然分开，心里都好像缺了一角。空虚不安导致心里难过，心里难过导致更讨厌对方……由此形成一个恶性循环的完美闭环。

上课了，“恶性循环”仍在继续。

两人的心都静不下来，都忍不住转头去看对方。四目相接，两人又都像看见了什么不该看的东西，在那儿疯狂眨眼，嘴唇都噘得老高。

“你和豆饼脸怎么了？”

午休时，珠利也是一个人待着。“生理现象”慈景忍不住问她。

“什么怎么了？”

“看你俩这样，是吵架了吧……”

“我和她有什么好吵的？我就是……觉得没劲罢了。”

“好吧，虽然我不知道是因为什么，但闹别扭你就先给她低个头服个软。小雀斑和豆饼脸可是老天爷钦点的天生一对嘛。”

“我要是和她掰了，难道老天爷还会降罪于我吗？”

“你们俩不合，倒让泡面头她们得了意。”

“反正我现在不想理她。没想到豆饼脸这家伙心眼小得堪比针尖。”

说完她就冷冷地转过身子不理慈景了。慈景没办法，只好去找公珠。教室里空荡荡的，公珠一个人坐在位子上，正趴在桌上涂涂写写。练习本上写着无数个“珠利”“癞蛤蟆”“三树”。

“豆饼脸，你也不想向珠利服软吗？”

“至少现在不想。”

“到底是因为什么啊？”

“因为什么？你知道珠利那家伙对我说了什么吗？她说我是疯婆子！就算朋友关系再好，也不能说这么难听的话吧？”

“她是和你开玩笑吧？”

“玩笑？一点儿也不可笑！这事一开始我就觉得她不对劲，看来是吃不到葡萄就说葡萄酸。”

“她哪里不对劲了？”

“她对癞蛤蟆的态度！”

“不是，怎么又出来一个癞蛤蟆？”

“你别管，反正就是有他的事。”

“难道……珠利在养蛤癞蟆？”

“我都说你别管了！”

等到第六节课下课，一个奇妙的小道消息已经传遍了教室的每个角落——珠利在家养癞蛤蟆。

“嘿，癞蛤蟆以什么为食？”

“你是怎么给癞蛤蟆搭窝的？”

“不愧是珠利，什么都能干，干什么都厉害！”

大家在“斜耳朵”老师的眼皮子底下传着小纸条。“废品”美林实在按捺不住好奇心，第六节课一下课就跑到了珠利的桌前。

“听说你在家里养癞蛤蟆？”

“你说什么？”

“癞蛤蟆你是从哪儿抓的啊？”

同学们立刻围到了珠利身旁，问题一个接一个，珠利都回答不过来。

“怎么偏偏要养癞蛤蟆呢？听说还是公的？”美林问道。

“养都养了，公的不是比母的更活泼点儿嘛？”

“泡面头”的回答引起了哄堂大笑。

“那只公蛤蟆是不是还未婚啊？”

“当然未婚，你打算什么时候给它找个老婆？”

“给癞蛤蟆找老婆？”

“怎么样？世上万物都成双成对，你给你家蛤蟆办个婚礼如何？”

“哈哈，那美林你来当新娘吧。”

“那岂不是要伤了九利的心……”

“争取爱情总要付出代价嘛。”

“哎哟哟！美林、九利还有癞蛤蟆，这不就成三角关系了吗？”

“还真是，哈哈……”

“啊呀，你可真损……”

众人笑得满地打滚。珠利什么都没说，分开人群朝公珠走去。

“豆饼脸，你怎么这样对我？”

珠利的声音很高，教室里瞬时安静了下来。

“小雀斑，你不觉得你才是过分的那一个吗？”

公珠也一下子从座位上站了起来。

“过去的事不提，今天是你说我养癞蛤蟆的吧？”

“我没说过。”

“你以为你不承认我就不知道吗……”

两人目光隔空相接，霎时火光四溅。空气中充满了肃杀之感，一场大战一触即发。恰在此时，教室门开了，“担架”校长走了进来。众人见他来了，纷纷散开。

“你们这是做什么？”“担架”校长看看公珠，又看看珠利，问道。

“我们在玩眼神接触挑战。”

“眼神接触挑战？”

慈景连忙接话：“就是比赛瞪眼，谁先眨眼谁就输。”

“哈哈，挺有意思的……”

“担架”校长苍老的面庞上绽放出孩子般的笑容。

这时，“奎恩”老师也来到了教室门口。你说奇怪不奇怪，校长一见“奎恩”老师，立刻收起了笑容，紧盯着他。

“奎恩”老师在门口进也不是退也不是，变颜变色的，一张脸涨得通红，他要是只狗，已经对着校长摇尾巴了。但校长的目光并没有放过他，一双严肃冷酷的眸子在眼镜片后面闪着寒光。教室再次陷入肃杀紧张的气氛中，同学们甚至不敢大声喘气。

“校长，您……您有什么指教？”

“哈哈哈哈……”

校长突然大笑起来。

真让人摸不着头脑。看来校长也抵抗不了自然规律，老了就是老了。大家都觉得他是老糊涂了。“担架”校长笑得停不下来，“奎恩”老师手足无措，犹豫了半天才开口。

“校……校长，您还好吧？您……您还认得出我是谁吧？”

“哈哈……当然认识。我就是和你玩一下眼神接触挑战。”

“眼……眼神接触挑战？”

“金老师，您输啦。哈哈……”

“奎恩”老师依旧一头雾水，校长轻轻拍了拍他的肩膀，然后又不顾风度地笑了。直到这时，同学们才跟着笑起来。有人笑得太厉害，连眼泪都笑出来了。

这天晚上，珠利在公交车站等车时偶遇了“癞蛤蟆”。

“这么早就放学了？

“你谁啊？”

一见到“癞蛤蟆”，珠利就不由得想到公珠。

“感谢你昨天来给我加油助威！”

“我昨天可没给你加油，别误会。”

“好吧，好吧。来，和我朋友打个招呼吧。”

这时珠利才发现“癞蛤蟆”身后还站着一个陌生的男生，皮肤洁净，眼神清亮，和“癞蛤蟆”形成了鲜明的对比。男生朝她点点头。

“我叫思奇，因为我总是有很多奇思妙想，所以家里才给我起了这个名字。”

哟呵！初次见面，这人说话就这么自来熟。

“我叫珠利，卜珠利！”

珠利也不甘示弱，毫不客气地回敬。但男生并没有露出一丁点儿不愉快的表情，反而无声地笑了，露出一口整齐的白牙。

“这小子以后就住我那屋了。他爸是军人，被派往江原道了。他家里人都跟着去了，只留他一个人在首尔。他没地方去，说起来，我这是救人于水火呢……”

“你小子，到底是谁哭着喊着求我一起住的？”

“真是的，现在就开始忘恩负义啦。你知道珠利是谁吗？她就是那位公主殿下的至交好友。再有不敬，小心我收拾你。珠利，你知道那天是怎么回事了吗？”

“什么怎么回事？”

拐进家门口的巷子里，珠利依然不肯放松语气，干巴巴地问道。

“就那天球场上的事。我告诉了这小子我和你们俩约好的暗号，结果他也搞了块红布来，把我们都弄晕了。我本想像踢球那样给他一脚，但又不想让公珠看到我收拾别人……”

原来如此。珠利这才明白是怎么回事。

用公珠的粗鄙之语来说，这个思奇就是那只“Dog baby、狗崽子”了。显然，那天公珠一路杀到对面看台，和思奇大战了一场。

“我也不知道那个女生是什么公主还是王子，反正她那身材还挺‘鸭蛋’的，脸长得还和三树有八九分相像呢。”

“臭小子，又瞎说什么鸭蛋不鸭蛋的。九利，他的外号‘鸭蛋’比他的真名‘思奇’还出名呢。你以后也管他叫鸭蛋就好。”

“亚当？他哪里像亚当？”

“谁说他是拿一根肋骨给夏娃的那个亚当啦？”

“那是哪个？”

“算了，你小子自己来解释吧。从你的梦想开始说！”

“这合适吗？”

于是思奇开始一条一条地讲他的梦想。

“说起梦想，我倒也没什么特别的欲望。我想要一栋那种优雅雍容、淡泊宁静，简称‘雅淡’风格的房子，自带雅淡的庭院，还要带一个雅淡的游泳池，再加一辆雅淡的私家车。要是再有一架雅淡的私人飞机，一条雅淡的游艇，那就更好了。在一个雅淡的早晨，享用一顿雅淡的早餐，换上我雅淡的妻子为我挑选的雅淡西装，乘坐雅淡的私人飞机飞向罗马、威尼斯或者纽约，和雅淡的西方美女跳上一曲雅淡的波尔卡……”

生得颇为雅淡的思奇，唱起他的“雅淡颂”，可真是没完没了。

奇怪，往常碰见思奇这种第一次见面就怪话连篇的人，珠利早就烦死了。可今天她非但没觉得烦，连平常都没注意的小巷子也突然变得有几分情调起来。“感觉还挺雅淡的。”她想着，脸红了。玻璃上布满灰尘的洗衣店看起来很雅淡，光秃秃的电线杆子也雅淡，周围的房子、食品店、卖东西的阿姨，甚至丑陋的“癞蛤蟆”都看起来颇为“雅淡”。这感觉好奇怪啊。

“听这小子胡言乱语，好像所有东西都变‘雅淡’了。珠利你有没有这个感觉？”

“癞蛤蟆”三树仿佛看穿了珠利的心思，忽然插嘴道。

“那是因为你没什么主见，思路才会轻易跟着别人跑……”

珠利刻意梗着脖子噘着嘴。

“非也非也……”

思奇说道，那副表情简直和班主任“奎恩”老师念叨人的时候一模一样。

“不是因为你没主见，每个人都可能被带偏思路。好比说我们给一块石子绑上线，固定住石子，再用两三分钟放空脑子，然后用意念反复说‘转起来，转起来’。这时，石子会真的像转起来似的。其实，石子当然不会转，这就是心理学上的‘自我暗示’。催眠术运用的就是类似的原理……”

“你知道得这么多，想必吃得也很多吧！”珠利嘲讽道。

思奇依旧没有面露不快，还是笑得露出那一口白牙，详细地讲解起了催眠术的基本原理，惊得“癞蛤蟆”合不拢嘴。

“你这小子，连这种玩意儿都懂！”

“知识就是力量嘛……”

思奇拍了拍“癞蛤蟆”的肩，意思是说，你真天真可爱哦。

“所以思奇比三树的力气可大多了，对吧？”

“臭小子，还敢戏弄我！九利，和你说实话，这小子是我们学校的第一名。你要是有什么不懂的功课尽管问他。”

“这个笑话好冷啊。好吧，我问你一个问题。”珠利心里有点儿不痛快，面对着思奇说道。

“没问题，知无不言！”

“林肯死了，但有一样东西还活着，你知道是什么吗？”

“嗯，我知道这里面一定有陷阱，但我不会上套的。林肯死了，但是‘肯林’，也就是英文的‘cunning’(诡计、作弊）还活着，对不对？”

“哼，你以为我真不知道？我是看你还算拎得清，考考你。现在我能确定了。”

“确定？确定什么？”

“确定了你就是靠着林肯死了但还活着的那个‘肯林’才得的第一名……”

“不是，你……”

“我错了？在我看来，你还真是完美领会了‘快、准、稳’这作弊的三大原则呢……”

思奇都要气死了，面上却没表现出丝毫不悦。说他“作弊”才考第一，真是天降一盆污水扣在脑袋上，但他还是笑眯眯的。正说着，三人走到了家门口。

“社会学通常把人分为上中下三个阶层……”

思奇说着，看看珠利家的大门，又扭头看看三树家的大门。

“从珠利家和三树家的大门就可以看出阶层壁垒分明。虽然不是说门越大就越好，但三树家的大门比珠利家的大门是高一个档次的。”

呵，你懂个屁。

珠利恼羞成怒，哐的一声关上了大门，背后传来三树和思奇欢快的笑声。爷爷正好从屋里出来，见珠利气哼哼的，问道："怎么啦？"

"爷爷，我们搬家吧！"

"什么？"

"搬家！我们也搬进二层小洋楼吧。全家只有您不同意搬新家。您看看，这房子旧得像个古董，您喜欢这里的什么啊？"

"你爷爷我也是老古董，就适合住在古董屋里，哈哈……"

"早知道就带'废品'来了。"

"什么？废品？你这孩子，竟然对着爷爷说废品！"

"我不是说爷爷您是废品。废品是我们班一同学……"

"你还油腔滑调的！"

此事最终以珠利举收音机收场。

尽管她给爷爷解释了好几遍"废品"美林是何许人也，但爷爷已经生气了，完全不相信珠利的自辩。珠利把收音机举过头顶，跪在客厅的地板上，脑子里想的却都是公珠，恨得牙痒痒。今天这一整天的恶性循环，都是公珠的错！

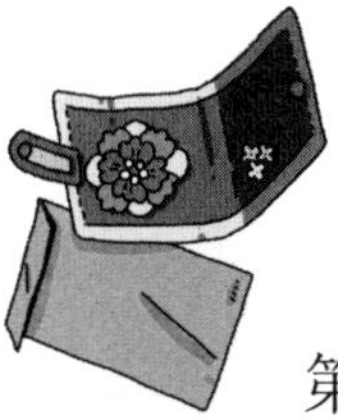

第八章

爱情的条件

只要能完美实现作战计划，
就不会有问题。

第二天、第三天，公珠和珠利都没说过话。冷战有长期化的趋势，完全看不出破冰和解的迹象。

房间里少了件家具都会空出一块地方，更何况她俩就像方便面和调料包，不可分割。身边突然没了公珠，珠利心里也空了好大一块。

她也不想在教室里说话了。

一切都那么让人烦心。校园生活一下子变得索然无味，好没意思。只有副班长智英一伙在教室里闹得正欢。

“生理现象”慈景好几次想劝她们和好，但都没有成功。午休时，珠利就一个人坐在操场边的长椅上，呆呆地望着山，渐渐成了习惯。

“怎么了？”

“洛基”老师不知何时坐到了珠利身旁，轻轻拍了拍她的肩。

“老师？什么怎么了？”

“最近你看起来好像失恋了似的。”

“您不用为我担心。您和我大姐二姐进展如何？”

“还在慢放镜头（指发展缓慢）呢……”

“二姐珠京不错，大姐珠顺成问题，是这个意思吧？”

“没错。你能帮帮我吗？”

“洛基”老师的表情好像缠着大人买糖吃的小孩。

这段时间以来，“洛基”老师打着去三树家的幌子，已经拜访过珠利家好几次了。他的目标是二姐珠京，但每次大姐珠顺都龇着她的金牙来横插一杠子，搞得他和珠京连一句话都没说上。事情发展到这地步，不仅“洛基”老师尴尬，珠京也觉得难堪。其实，她对“洛基”老师也隐隐有些意思，可是考虑到珠顺的面子和姐妹情谊，她明显想要放弃了。

最终，所有的问题都指向了金牙珠顺——“洛基”老师和二姐珠京明明相互有好感，但中间总夹着一个珠顺。

“老师，您是真心喜欢珠京姐姐的吗？”

“与其说是喜欢，不如说……”

“洛基”老师似乎想避开珠利的目光，脸都红了。第一次上课时那么游刃有余、古灵精怪的一个人，一提到珠京，却总是六神无主的。

“老师，就别和我拐弯抹角的了。您说了我才好帮您呀。”

“那……好吧。”

“真的？”

“真的。”

“您要是肯和我说实话，那么从今天开始，我就帮您帮到底。不过丑话说在前头，您要是不把我的话当一回事，这事就黄了。不管我说什么，您都得听。”

“哦，明白。”

“洛基”老师的脸还是红红的。

回到家，珠利先去找三树和“鸭蛋”思奇商量对策。听完了大概的来龙去脉，思奇双手抱胸，自信地下了结论。

“这有什么难的？简单小妙招轻松搞定。”

“什么小妙招？”

“凭你张嘴一问就告诉你？这可是要从洛基老师那里换

一大笔好处费的。”

“你这小子，洛基老师就是我堂哥，帮他还要好处费？”

“癞蛤蟆”一听火冒三丈。

“唉，我不是那个意思啦。”

“行，臭小子！你等着，我这就去打电话。”

“癞蛤蟆”冲到楼下，过了半天才上楼。

“嘿嘿，我们拿到了一份超级大的好处费哦！”

“什么？”

“他说放暑假就带我们去海边玩，九利也一起去。”

“真是雅淡的计划啊……”

“行了，你快说你有什么招？”

“我这不正要说嘛。首要任务，就是让珠顺姐的心思别老放在洛基老师身上，毕竟珠京姐和洛基老师才是相爱的一对。”

“你上下嘴皮子一碰倒轻松。怎么才能让珠顺姐不把心思放在洛基老师身上才是最大的问题啊。”

“这个问题很简单。”

“那你说怎么办？”

“珠顺姐爱洛基老师，但还没爱到要死要活的份儿上，她只是恨嫁罢了。所以，如果能让她真心爱上另一个男人，那她对洛基老师自然就淡了，就这么简单。”

“到哪儿去找‘另一个男人’？”

“真是灯下黑。远在天边近在眼前，不是还有你大哥一树吗？他也老大不小该结婚了，长得又雅淡，工作也不错，条件可比那个洛基老师雅淡多了。要是能把一树哥和珠顺姐凑成一对，那不就皆大欢喜了吗？”

“鸭蛋”思奇侃侃而谈，那架势仿佛拿破仑在高喊“我的字典里没有不可能”。

“你这是一厢情愿，太想当然了。把两个人凑成一对哪有那么容易？”

“癞蛤蟆”三树驳斥了他的想法，看上去很失望。

“只要能完美地实现作战计划，就不会有问题。要是我的计划行不通，珠利和你的暑假旅游钱由我来出。”

“真的？”

珠利向他要一个保证。

“当然是真的。”

“好，那就讲讲你的作战计划。”

“首先呢，要写几封雅淡的信。珠利给一树哥写，我给珠顺姐写……”

“鸭蛋”思奇的作战计划如下。

珠利以珠顺的口吻给一树写一封信，思奇再以一树的口吻给珠顺回一封情书，如此这般你来我往，两颗心就渐渐靠近了。

“我先写一封带有暗示意味的信，珠利把信交给珠顺姐，回信也由珠利写……”

思奇的奇思妙想还真多，一项一项下达作战指令，所有的细节都考虑到了，算无遗策。

第二天，珠利把一封信交给了珠顺。当然，那是思奇熬夜写的情书。

“珠顺小姐，你好！也许你还不知道，每天上下班的时候，我都会远远地望着你。望着你明亮的眼睛，望着你亮泽的长发。你高挺的鼻梁如同遮云蔽日的巴别塔，让我无比心动……”

这封信的开头是这样的。

珠利告诉珠顺，门口邮箱里有封信，没有写寄件人。珠顺读完信，甩了一句“就算是国家出口总额到达了百亿美元，这社会上还是有没事干的闲人”，说完还冷哼了一声。

思奇的作战计划可谓出师不利。珠利连忙捡起那封被揉成一团扔在地上的信。

“哎呀！这字写得可真好。不对，不光字好看，字里行间还能让人感受到满满的男子气概呢。要是有这样的男人给我写情书……遣词造句也漂亮……大姐，这封信能给我吗？”

见珠利要把信夹在书里，珠顺立刻又抢了回来。

“真是的，给我的信你拿着干什么？”

“姐，你猜是谁给你写的啊？”

“嗯……也许是你们学校的洛基老师？”

“别开玩笑了，才不是他，就洛基老师那笔烂字……”

“可能是请别人替他誊写的呢……”

“誊写……怎么可能。我说，会不会是对门那家的大儿子？”

珠利挑了个话头，故意试探她。

“什么？”

“首先，这封信上没贴邮票。其次呢，你们上回是不是在大门口差点儿撞在一起？”

“嗯，是有这么一回事。他挺有礼貌的。”

“还长得很帅呢。白白净净的，笑起来也很清爽。”

“这倒也是……”

说了这么多，珠顺对一树的印象分总算有了五六十分。

当天晚上，珠利平生第一次写情书。虽然是以珠顺的名义写给一树的，可一想到这是一封情书，还是控制不住地脸红心跳。

“一树先生，你好。冒昧去信，还请海涵。提笔写此信前，我曾百般犹豫，满怀痛苦，锥心蚀骨。现在我明白了，如果再隐藏我的感情，那将是一种罪恶。我向上天虔诚地祈祷，只愿你能理解我的心情。

“夜太暗，也太长。

“可我相信，太阳总会升起，黎明总会来临，如同春天无声无息造访人间。哦不，我相信的是，你一定会如同黎明般向我走来。

“我最近才明白，爱情不是单纯的欢喜，不是绚丽的春日彩虹。爱情是焦灼的等待，是时时刻刻的绝望，是一颗心在沙石滩上滚动的痛苦。等着远远望你一眼时的惶急，与你擦肩而过时的忐忑，目送你背影渐渐远去时的心碎……”

为了写这些，珠利已经熬到了夜里两点，作业纸也消耗了将近一沓。这时，门忽然开了。珠顺走了进来，龇着金牙呵呵直笑。

“你干什么呢？”

“我……我写作文呢……大姐你怎么还不睡？”

“睡不着。其实吧，我有个问题要问你……”

“什么问题？”

“巴别塔是什么意思？我就大概记得个名，具体是什么都忘了。”

嘿嘿嘿……珠利内心狂喜。珠顺夜里两点不睡觉，原来是还在琢磨那封假情书。

一树致珠顺的甜蜜又刺激还有点儿咸涩的情书（虽然只是“鸭蛋”思奇连夜创作的原创作品吧），不久后又送到了忙得不可开交的珠顺手里。

当然，珠顺致一树的信（同样也是珠利的原创作品）也经由“癞蛤蟆”或思奇的手随时传递。

珠顺和一树双方的反应差不多。一开始都觉得这事很无聊，结果不出五天，两人都急不可耐地拆开信封。一星期之后，两人都从一大早就开始等信，那副小表情可骗不了人。

为了这事，珠利几乎每天都得和三树、思奇碰个头。双方要交换信件，复盘战况，还要把自己这边主人公的反应详细地告诉对方。不过，就算两家只有一墙之隔，毕竟男女有别，每天碰头私相授受并不简单。于是，他们约了一两次在面包店或者小吃店见面，也有一两次是在巷子里或者车站。但也就是一两次而已，每天都这样也是吃不消。所以有时候会有那么两三天不能互通有无。珠利就在自己房间的窗边，“癞蛤蟆”和思奇在对面二楼阳台上，互相比画手势，演哑剧似的沟通。但凡长了嘴，就没有他们这么干的。

“就没有好点儿的办法吗？”

“癞蛤蟆”三树又是两天没见着珠利，不由得抱怨起来。

“有。”

“鸭蛋”思奇一拍大腿。

“什么办法？”

珠利也悄悄地问思奇。

“简言之，我们要化身雅淡的小野猫……”

“小野猫？”

“先来看一下两边的建筑布局，是这样的……”

鸭蛋思奇打开笔记本，一边画珠利家和三树家的平面图，一边给他们解释。

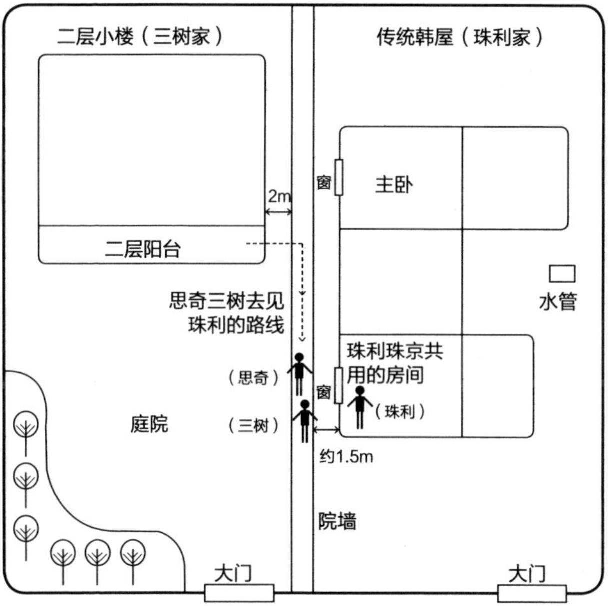

思奇手绘的平面图

“我们俩房间的阳台和院墙的高度是持平的，中间大概有两米的距离，搭块木板应该就能轻松爬上墙头，沿着墙头可以爬到珠利房间的窗户前面，窗户距离院墙不到一米吧。

珠利开窗站在窗边，我们在墙头猫着腰，就可以雅淡地对话了。”

“可我和珠京姐共用一个房间，怎么办？”

“你和她交个底，谈妥了不就得了？反正我们最近劳心劳力，还不是为了洛基老师和珠京姐能有情人终成眷属？”

“能行吗？万一被发现，估计得吃不了兜着走。”

“癞蛤蟆”发出了不符合他壮硕体格的忧心忡忡的声音。

“晚上十点以后行动绝对没问题。那时候大人都全神贯注地看电视呢。”

思奇笑得成竹在胸。

于是，每天晚上一过十点，思奇和三树就化身野猫爬上墙，以这样稀奇古怪的方式与窗前的珠利上演佳人有约。

某天，他们从阳台爬到墙上时脚步声太大，惊动了珠利的爸爸。爸爸打开朝着墙那一侧的小窗，望向浓深的夜色直嘀咕。

“好像有什么动静……”

爸爸当时恰好没戴眼镜，没看见矮身趴在墙头的“癞蛤蟆”和思奇。珠利却从窗户里看得明明白白，赶紧探出头，学起了猫叫。

“喵呜！喵呜，喵呜……”

“原来是野猫上房啊，真烦人。”

爸爸听到猫叫，嘟囔了两句，还往院墙上啐了一口痰。那口痰不偏不倚，正中“癞蛤蟆”三树眉心。

“三树，你修成正果了。”思奇贴在他耳边说。

“修成正果？”

“可不是嘛，眉心白毫相。珠利她爸啐的那口正正好。嘿嘿嘿……”

“你是不是故意拱火？”

“癞蛤蟆”气炸了，可墙头这么窄，他还猫着腰趴在那儿，还能怎么办？想擦也伸不出手，伸出手也没带手帕，只能先忍着了。

总而言之，在三人的通力合作下，十天后，已经可以看到此事有戏的苗头了。

“好烦！到底是谁？他好傻，但好纯哦，世界上还有这种男人！别再光写信了，就不能拿出点儿男子汉的魄力来，请我喝杯茶嘛……”

珠顺念叨着，依旧龇着她闪亮的金牙。

“他要是请你喝茶，你会答应吗？”

“你这说的什么话？每天都写情书，这是一般人能有的激情吗？现在市面上这种男人很少见了。”

一树那边的情况也差不多。

“成了！”思奇愉快地宣布。

“第一阶段的作战任务圆满完成。我们也该收手了。下一步是要让他们俩知道彼此是谁，这是第二阶段的任务。”

“那第三阶段的任务是什么？”

“当然是把他们俩配对成功了。别着急，接下来肯定会发展顺利的……”

果然不出所料，当珠顺知道写信的人是一树时，她的反应比想象中还开心。一开始她还噘着嘴，表现得不以为意。结果不出一天，她的表情和态度就完全变了。

“珠利，你觉得那个人……怎么样？”

“一树哥？当然很帅啦！”

“那不然……我和他见一面？没准他心胸没那么敞亮呢？这人有话不敢直说，只在心里起急，多难受啊。”

“要是一树哥约你，你会去吗？”

“当然要去。反正……倒不是我喜欢他，只是看他写信那个劲儿，要是我不见他，估计他会出事的。”

“出事？”

“嗯，他要是闹自杀可怎么办？”

我的天。珠利暗自咂舌。看来，大姐认为这世界上所有写情书的男人都准备好自杀了。她这么容易就对男人举白旗投降，反而让珠利觉得有点儿可怜。

“我哥也差不多。”

听了珠利转述珠顺的情况，“癞蛤蟆”猫在墙头上如是说。

“他怎么说的？”

“他说，珠利她大姐一直给我写信，这段时间她心里得多煎熬啊，估计都要急死了。为了顾全珠顺的面子，明天我主动约她见个面吧。他还挺有攻击性的嘛……”

“嘿嘿，那是自然。”

思奇嘿嘿直笑。

“象征女性的符号‘♀’就像一个女人双手举起一面圆形的白旗，象征男性的符号‘♂’则是一个箭头。男女之间，总是男的主动出击，女的被动防守，最终举起白旗以示降服。珠利，难道不是这样吗？”

“一点儿也不好笑。”

珠利说着就把手里的一杯水泼向院墙。

“现在的女性也是有攻击性的，你给我记好了！”

思奇无处可逃，兜头盖脸被浇了一脑袋水。他生怕还有下一轮攻击，也不管“癞蛤蟆”了，顺着院墙就往回爬。他一只脚刚踩上“癞蛤蟆”家阳台和院墙之间搭的那块板子，珠利她爸正好打开主卧的窗户，这次他戴眼镜了。

“谁，是谁？！”

珠利她爸吓得脸都白了，大声吼了出来。几乎与此同时，“癞蛤蟆”急中生智，探过右手一把摘掉了他的眼镜。

“我的眼镜，我的眼镜……”

珠利爸爸慌忙探身到窗外，双手胡乱在空气里抓了半天，一屁股跌坐在地上，打雷似的喊了起来："有人偷眼镜！有人偷眼镜！"

他声音太大，把左邻右舍都惊动了。思奇才走到木板中段，被他吓得两次失去平衡，摇晃半天，最终还是掉了下去。好巧不巧，下面正好是一只大酱缸。思奇整个人都摔了进去，全身上下被刺鼻的酱料腌了个入味。

两家人都穿着睡衣跑了出来。"癞蛤蟆"的奶奶胆子最大，手执夹蜂窝煤的火钳，第一个到达现场。

"在哪儿？贼在哪儿？！"

紧接着珠利的爷爷、妈妈、大姐、二姐，以及一树等人，全都抄上称手的"兵刃"，朝着落水耗子般被腌透了的思奇追过来。最后一个出来的是珠利她爸，只见他浑身发抖，手里的"兵刃"是——哎呀，竟然忙中出错，拿了个夜壶盖。

"眼镜不是我偷的！"

思奇拼命大喊。

"眼镜……眼镜是三树偷的！"

大家都惊呆了，一时竟没人开口。趴在院墙上的三树猛地站了起来，大声宣布——

"没错，眼镜在我手上！"

Do!

第九章

成绩，永远的枷锁

哪来的勇气，
让你们用这种态度对待学习？

期末考试的日程安排刚一公布，教室里的空气立刻紧张了起来。面对考试，同学们的态度大概可以分成三派：无论课间还是午休都全身心投入学习的，是为一派；表面上根本不把考试放在心上，还去骚扰别人好好学习的（这种人通常背地里狂学），是为再一派；情绪上已经出现初期焦虑症状，却不知如何着手解决问题，最后干脆破罐破摔放弃复习的，是为又一派。

说实话，不管是哪一派，都做不到完全不在乎考试。

从这点来看，珠利倒是姿态超然，卓尔不群。不管是否要考试，她的表情和态度始终如一。不过，珠利也不是彻底不在考试上花心思。她到底也是个学生，考试时间日益临近，她怎么会不担心自己的成绩呢？然而，让她像老鼠见了猫那样对所谓的考试制度俯首称臣，珠利可做不到。

“拥有对外部事物的常识无法弥补我在道德层面的无知。重要的并非知识，而是道德。”伟大的法国思想家帕斯卡在他的《思想录》中这样写道。又岂止帕斯卡尔一人这么说。“人不能只专注于学习，否则你将无法成为完善的人。”这是爱默生的警句。“密涅瓦的猫头鹰在黄昏起飞（密涅瓦是古罗马神话中的智慧女神，此句意为真理是在现实发生后才被认识的）。”则是黑格尔的名言。韩国不也有这样的谚语吗？“学问不在多，会写名字就够了。”

死记硬背，专为应付考试而学习，对培养一个人的人格和提高自身修养又有多大帮助呢？一到考试就身心焦虑，熬夜复习，人不应该成为被分数支配的奴隶，珠利如是为自己辩解。

“珠利，你不复习吗？”

午休时，珠利一个人坐在窗边读着法国作家安托万·德·圣–埃克苏佩里的《人的大地》，“废品”美林走过来，试探性地问她。

“嗯，你们加油吧。”

“哼，现在装模作样，回家偷偷开夜车，谁不知道你这点儿小心思？”

“你以为所有人都和你一样啊？我不是那种人，就算不复习我也有自己的本领，不用你费心。”

“别的本事？”

“我可是转笔高手啊。就算有几下没转好，也能快速找回节奏。”

珠利继续看她的小说，连眼神都懒得给美林一个。

美林又压低了些声音：“嘿，你看看豆饼脸，简直和以前判若两人，现在从早到晚就知道学习呢。”她一边说，一边盯着珠利脸上的表情变化。珠利心里明镜似的，这个美林是存心要挑拨离间她和公珠，于是状若无事地说道：“学习嘛，修行在个人。”

说来，公珠最近的变化确实挺大的。

虽然两人还是不说话，但一走进教室，她的注意力就完全无法不被公珠吸引。公珠不再像以前那么吵吵闹闹的，而是一个人坐在位子上安静地专心学习。有时候她脸上还会浮现出忧心忡忡的表情，然后长叹一声，以前她可没这种习惯。

见珠利还是不给反应，“废品”美林又咧着一张大嘴来戳珠利心里的痛处。

“哼，你就算装得再无所谓，这双眼睛红得都像兔子了，谁看不出来你复习了多长时间啊？不过你的上限也就到这儿了……”

什么叫上限也就到这儿了？她在暗暗地自夸吗？意思是“你就算为复习熬红了眼，分数也赶不上我”？

珠利这时才抬起眼，冷笑了一声。

“美林，你知道富豪米商‘扬·伊凡’的故事吧？”

“扬……什么扬？”

“应该是叫扬·伊凡，我也是从书上看来的。不管了，反正就是一个很会做生意也很会做学问的人。他对自己很俭省，却用自己的钱给村里修桥铺路，资助困难的乡里乡亲。他去世的时候，很多人都伤心大哭。你知道有一位老婆婆边哭边说什么吗？”

“我怎么知道？”

“没准呢，你不是学习很好吗？”

“你少在这儿阴阳怪气！”

“那老婆婆边哭边说：他学问这么好，一辈子尚且行善积德，他要是个大字不识的米贩子，那该是多好的一个人啊？”

“不学习更善良，竟然还有这种歪理邪说？所以为了成为一个更好的人，你就不学习了？”

“正是此意，我可不想成为你们那样的应试奴隶，我只想做个善良的自由人……”

话没说完，第五节课的上课铃就响了。

第五节是班主任“安东尼·奎恩”老师的语文课。大家向瘦得竹竿似的“奎恩”老师问过“老师好”，“奎恩”就开了腔。

“这么热的天，大家都无心学习，是吧？”

说着，他的目光在教室里巡睃了一圈。每当他要开始长篇大论的唠叨时，他都会这样，先找个话头。

果然不出所料，“奎恩”老师又干咳两声，就开始行云流水、滔滔不绝地发表起他的爆炸性言论来。

“《新约圣经》的《使徒行传》里有一句话说，‘你的学问太大，反叫你癫狂了’。”

“奎恩”老师上来就引用了《圣经》里的话。他环视着教室，教室里鸦雀无声，只有他站在高高的讲台上俯视众生，再配上瘦削的身材和头发，稍微夸张点儿说，简直像是在模仿基督在山上讲道。

“亚里士多德也曾经说过：学问是富贵者的装饰，贫困者的避难所，老年人的粮食！”

“奎恩”老师似乎预备好要进行一次生平最佳的演讲，从《圣经》一下子跳到亚里士多德，让古老的格言瞬间在现代焕发光彩。

“不仅如此，我们韩国也有这样的俗语嘛，‘懂得多才能当村长’。”

他竟然十分机智地又把话题绕回来了。

说到此处，“奎恩”老师停顿了片刻。

不知是在观察学生的反应，还是在赞叹自己的开场白，他似乎在思索什么，脸上的表情颇为复杂。同学们大概是被“奎恩”老师慷慨激昂的语调震慑住了，纷纷坐直了身体，可惜看不出丝毫被感动的迹象。无论是《新约圣经》还是早已死去多时的亚里士多德，都无法触动这些花季少女独属于20世纪下半叶的敏感心灵。唉，他倒不如换个说法。

“FLEETWOOD MAC乐队有一首歌叫*Go your own way*，里面有这么一句歌词：你要走你自己的路，走上这条路，你才懂什么是孤独……”

他要是就此打住，大家会像亲眼见到“FLEETWOOD MAC”一样心潮澎湃，大受感动。然而不幸的是，我们的“奎恩”老师嗅觉并不灵敏。说完这些，他还要继续讲他那一大堆陈芝麻烂谷子的大道理，这简直比引用《新约圣经》和亚里士多德还蠢。

“最近大家对待求学的态度、对待自身学习的态度，都让我无比地失望。好像你们每天背着个书包来学校，就等着老师把知识都一包包地打包好，给你们塞到书包里？没几天就考试了，还三五成群地往小卖部跑。学生的手是拿书、拿笔的，你们倒好，还跟小孩似的，不是举着热狗就是举着冰激凌。该学习的时间，都用来转笔，不然就是传小纸条……哪来的勇气，让你们用这种态度对待学习的？”

“奎恩”老师这一声吼得震天响，没有比这更掷地有声、振聋发聩的了。接下来的话，更像是直接往身上扔石头一样扫射向大家。“奎恩”老师的眼中仿佛有烈焰燃烧，他环顾四周，扔下了一枚重磅炸弹。

“所以，本次期末考试成绩不佳者，暑假期间要来学校补课。”

此言一出，无异于晴天霹雳。从三月开始掰着手指头算日子，盼了五个月的黄金暑假，要被考试成绩这种鬼东西给毁了？岂有此理！

珠利坐不住了。

“老师！”

“卜珠利，你有什么意见？”

“这也太过分了吧？成绩难道是套在我们身上的狗链吗？”

“当然不是狗链，你们又不是小狗。”

“那为什么还要用它来束缚我们？”

“束缚？谁束缚谁？”

“老师束缚我们。”

“珠利，我们说话要讲道理。当然，我觉得‘束缚’这个词本身就不对，但是就算真‘束缚’了，也不是‘老师束缚你们’，而是‘成绩束缚了一小撮不努力的坏学生’。不是吗？”

"奎恩"老师真不愧是教语文的。这话说得中规中矩、无懈可击、气势如虹，让对方无可辩驳。

珠利只能无可奈何地坐回座位上。

从这一刻开始，教室里的气氛彻底改变了。大部分同学都对自己的成绩没什么信心，于是开始兢兢业业地学习，以求保住最后一点儿体面，沉迷教科书无法自拔。而珠利丝毫不为所动，依旧故我，在那里读她的小说。

可恶，珠利腹诽。

用这种卑劣的手段逼迫大家学习，学习还有什么价值可言？我不是考试的奴隶，我要做自己。

珠利这次复习得比以往任何一次都差。要是没有考砸了就要暑假回校补课的霸王条款，她还会多少学进去一点儿。

然而，她做不到。只要一想到暑假还要来学校补课，羞耻感和侮辱感就涌上心头。手里拿着书，脖子像被套上了枷锁，完全看不进去。

不出所料，考试成绩很不理想，简直可以说是暴跌。珠利的排名从中游直接下滑到垫底。与之形成鲜明对比的，是"豆饼脸"公珠的成绩扶摇直上，期末考试位列全班第五，惊掉众人下巴。想到公珠那张宽脸上浮现出的会心微笑，想起她欢呼的样子，珠利在心里骂了一声臭丫头。公布成绩的那天，珠利一夜未眠。她剪短了双手双脚的指甲，却怎么也剪不断心中不断涌起的怒涛，一直剪到肉才罢休。

“嘿，珠利，你看看豆饼脸那股得意扬扬的劲儿。”

珠利熬了一整宿，顶着一双布满红血丝的眼睛来上学。刚进屋，“老鼠掉进米缸里”（指某些人唯恐天下不乱）的“废品”美林就跑过来找她说悄悄话。公珠正坐在位子上发呆，表情略显忧愁。她兀自陷入沉思，在明净的晨光里，虽然表情沉郁，但看起来很奇怪地带着几分傲慢。

“豆饼脸这家伙，就是为了和你对着干才玩命学习的。她还以为自己是罗丹[①]呢，撑着下巴在那儿摆姿势。考得稍微好了一点儿，就觉得自己是灰姑娘变公主了。可笑，真可笑……”

“够了！”

“装什么啊，你就没什么想法？”

“没有！”

“好吧。你将来要是唱起了‘G弦上的咏叹调’（落榜），那也不关我事了。”

美林说话终究还是这么难听。

珠利心中无限寂寥。平生第一次，她感受到了孤单，想一死了之，想哭，要发疯，然后真的发疯。

---

① 译者注：指奥古斯特·罗丹（Auguste Rodin，1840—1917），法国雕塑家。形象为低头沉思男子的《思想者》雕像为其著名代表作品。

不过，我们的“小雀斑”珠利岂是只知道坐在那里唉声叹气的无用之辈？她可是咬牙都要比别人响，锋锐如刃上寒霜的性格呢！

回到家，珠利在一张八开大小的画纸上写下一个英文单词“Do！”，把它贴在了墙上。二姐珠京哼着歌，忽然开口问她：“这是什么？”

“读作‘嘟’，意思是我能做得到。”

“该不会是‘我一定能恋爱成功’的意思吧？”

“你什么意思？我就不能是努力学习？”

“不管你了，现在小孩的脑袋里装的都是什么啊？”

“哼，说得你好像来自朝鲜时代似的。”

“这玩意儿会变成‘Go go mountain’（越来越重的负担），泰山压顶般压垮你的。”

“那有什么，我一定会考第一的。走着瞧！”

“啊？我没听错吧？你要考什么第一？”

“你耳朵是‘色盲’吗？听不懂我说话？”

珠利提高了声音。

“我要考试拿第一！”

“是只有你一个人参加的考试你得第一？”

“请听好了，我要考全校第一！”

珠京一听，立刻双手合十跪拜在地。

“主啊，请救救我亲爱的妹妹珠利吧，她终究还是疯了。”

“阿门！”

这声“阿门”是从窗户对面传来的。思奇和“癞蛤蟆”三树不知何时又爬到了院墙上。

珠利简直被这几个人气炸了。她一把推开窗户，二话不说就喊了起来。

“抓小偷！”

于是两家人又都跑了出来。

“没见过这么无耻的家伙！正经学生谁会来骚扰别人家的宝贝孙女！”爷爷对着三树一方骂道。

“骚扰？到底是谁骚扰谁啊？我们家三树可不是那种人。您还是管好您家的孙女吧！”

三树奶奶反咬爷爷一口。

“胡言乱语，胡言乱语！我家孙女怎么了……”

“您也别骂了，有这时间还不如把院墙加高，墙砌得和房顶一样高。”

“你这是在教我做事？”

“我是怕你们家门风不正，你孙女影响我孙子学习！”

“你，你竟敢！”

爷爷和三树奶奶的唇枪舌剑愈演愈烈，一时停不下来。不管他们了，珠利钻进被窝，默念了几十次——Do，Do。

第十章
夏天的树

这个夏天，
真是让人心烦意乱。

放暑假了。同学们都在不停地讨论假期计划。

“去海边玩还是去山里玩呢？这是一个问题。”

“体重五十公斤以上的就该去爬山。”

“穿比基尼还是不穿呢？这也是一个问题。”

“我穿比基尼！还要穿红色的！”

“忍不了！就你那副尊容，选比基尼真是太难了！”

“我哪点长得不好？”

“肚脐眼！”

“哎哟，我的肚脐眼哪里不好了？”

“ABC（哎，不成）！”

“哼，那也比你跳朝鲜舞（腿是弯的）强上百倍。”

珠利独立窗前，眼前似乎也能看见那片海。那是美丽的幻想：扑面的海风、蔚蓝的波涛、阳光下的沙滩、欢悦的心……珠利紧咬着嘴唇，几乎要咬出血来。可惜，这一切都与她无缘，不过是她抵达不了的一道剪影罢了。珠利不能去海边玩，并不只是因为她被迫要参加为期二十天的暑假补课。要是真心想去玩，她大可以少补几天课。就算是一天不落地补完课，也还剩下三四天可供玩耍。

珠利却自行放弃了旅行。不，她不认为这是“放弃”。这不是放弃，而是选择。她没有选择去海边玩，而是选择了自己在家好好学习。因为，她要遵守和自己的约定。

由“洛基山之鹰”牵头，二姐珠京、“癞蛤蟆”三树、“鸭蛋”思奇共四人组成了海边旅行小分队，正整装待发。这天，思奇和三树在巷子里遇见了珠利。

“你怎么不和我们一起去？”思奇问道。

“不想去呗。”

“别装啦，我知道你是怕自己身材不好，不敢穿泳装见人。”

“你们还是带公主殿下一起去吧。”珠利转头对三树说。

“我倒是想带她一起去呢，可总也见不着她，完全失联啊。”

“那就去她家找她呗。”

“她家？珠利，你知道她家住哪儿吗？”

“你有病吧？我怎么知道她家住哪儿？”

“你们不是朋友吗？”

“和这没关系！”

珠利咣的一声关上大门，这时才意识到，自己对公珠的了解太少太少了。之前两人形影不离，她却对公珠的家庭一无所知。公珠来过珠利家好几次，珠利却一次都没去过公珠家。不仅如此，现在想来，公珠对自己家里的情况提都没提过。这个家伙！珠利气得要死，一把将书包扔到一旁，躺倒在床上。窗外的漫天红霞漾起最后一丝余晖，流露出些许的凄凉。

暑期补课已经开始一星期了。思奇和三树他们几个去旅行了，家中和学校里都空荡荡的，只留珠利一个人在寂寞中度过了一周时光。

珠利一门心思、满头大汗地和教科书鏖战着。每当想偷懒一会儿，她都会抬头看看墙上贴的“Do！”，提醒自己不得懈怠。

“学习这种事……”

爸爸时不时过来看看她。

“就像洗碗一样。要想一次都洗好，那是不可能的。”

“哼，爸爸连碗都洗不好……”

“一点儿一点儿地慢慢来嘛。这样才能体会学习的趣味，注意劳逸结合。”

这时，爷爷忽然推开了房门。

“孩子在用功呢，你这当爸爸的跑进来碍什么事？”

“爸，您怎么能说我碍事呢？”

“你不是说学习和洗碗一样吗？”

见爸爸还是一脸茫然，爷爷只得给他解释。

“一堆人一起洗，到头来只会打碎碗。”

“这事得分人，您看我像会打碎碗的人吗？”

“你搞清楚，你就是那个会打碎碗的人。”

爷爷对爸爸从来没有什么好脸色。看着爸爸束手就擒，被爷爷拎出了房间，珠利难得地笑了。

又到了“砂糖Day”（Saturday，星期六）。砂糖Day本应是甜的，对珠利而言却非如此。这天她上了四个小时的课，收拾书包正要走人，同班的英淑来找她，说班主任“奎恩”要她去一趟办公室。

“卜珠利，你是夏娃吗？”

“奎恩”老师把她叫到面前，上来就不容分说问了这么个问题。是不是夏娃？这问题也太诡异了吧。

“怎么不回答？”

“老师，我不是夏娃，我是夏娃的传人。”

“夏娃的传人？那你也是亚当的传人喽？”

“那是自然。比如说吧，像老师您这样的人……”

“别说了！别油嘴滑舌的，赶紧从实招来，坦白从宽，抗拒从严。”

“老师，您让我招什么啊？”

“就说说你的亚当吧。”

珠利这才明白到底是怎么回事，估计是“鸭蛋”思奇又往学校寄信了。和“奎恩”老师斗智斗勇三十分钟之后，她才知道，不过是为了思奇从东海寄来的一张明信片。还没来得及看内容，她就离开了办公室。英淑跑了过来，好像一直在等她。

“嘿，珠利，校门外面有人找你。”

“谁？”

“是个男生，看起来不像没系安全带（不良学生）。他是谁啊？”

“不知道。”

会是谁呢？有哪个男生会在这么热的夏天午后在大马路上等她？珠利琢磨着，慢慢往校门口走去。

走到校门附近，她才发现自己手里还拿着那张没来得及看的明信片。于是她在花园里选了个能看清校门情况的位置，找了块假山石坐了下来，开始读思奇的明信片。

“若要问海是什么颜色的，通常人们会很简单地回答，是蓝色的，是绿色的……”

思奇在明信片的开头是这么写的。

“不过，这个答案并不正确。大海有几万种颜色。通过棱镜，我们可以看到七种绚烂的色彩。它们或对比强烈，或相互调和，又或者能混合碰撞出不可思议的新色调。但任何一种色彩，都无法超越大海的颜色，无法囊括大海的颜色，无法代表大海的颜色……今年夏天，大海赠予我的礼物不是消夏的欢愉，反而是一种深深的绝望感。珠利，你能理解吗？如果你也一起来到这里，面对澎湃无边的大海，人类如此渺小，比不上一朵浪花。此刻我的绝望，你是否懂得……”

大海仿佛就在眼前。

她看见海鸟掠过海面的白羽，看见如青春般在沙滩上燃烧的篝火，也看见了思奇略显孤独的背影，他远离欢呼的人群，独自蜷坐在角落。她内心深处泛起一道难以言喻的涟漪，初时只是小小的水波纹，却越来越汹涌，最终成了拍岸惊涛，碎裂在沙滩上。珠利不禁握紧了双手。

没什么，珠利想。

心中好像突然生出丛丛蓬松的绒毛，这奇妙的感觉到底是什么？是想念大海了吗？也许……是想念思奇了……

不!

珠利暗自羞红了双颊，把手里的明信片揉成了一团，站起身来。好端端的怎么就难为情起来，发什么神经。珠利故意狠狠吐了口唾沫，往校门走。远远望去，对面的南山顶上积了好大一团乌云，看来要下雨了。不知何时连太阳都躲到了乌云背后，闷热的街道上不见行人。

她在校门口左顾右盼了一会儿，根本找不到等自己的男学生。上当了啊。就算没这档子事，她也够心烦意乱了。想起英淑还在那儿装模作样地说“是个男生，看起来不像没系安全带（不良学生）。他是谁啊？”，这笔仇算是记下了。

正是这一刻，一个男生猛地从树后跳出来，拦在了珠利面前。

“吓死我了！”

珠利下意识地惊叫出声。等她看清是谁，却像做错事的孩子似的涨红了脸。对面的人吐了吐舌头，歪着头看她，不是思奇是谁?

“惊不惊喜？”

“什么？”

“鸭蛋思奇的突然闪现！”

“哼，你就不会好好审题吗？我这不是惊喜，是失望，你怎么去海边没淹死活着回来了！”

珠利不知为什么觉得很羞耻，转身面向机动车道，说话也夹枪带棒的。

“不好意思，没能如你所愿，变成一只水猴子……”

思奇笑着回答。

“不过前提是我得有机会变成水猴子呀。”

“哼，你是在炫耀你水性好吗？”

“谁和你说我水性好的？我只是从不去高过腰的水域罢了。”

“运气不好，碗碟子里都能淹死人……”

“那就去小吃店投碗自尽吧。”

珠利说不过他，只好跟着思奇往蛋糕店走。

“收到我的明信片了吗？”

“就为了那张明信片，奎恩训了我三十分钟。”

“良药苦口利于病，忠言逆耳利于行嘛。”

“烦死了。话说回来，大家都回首尔了？”

“没都回来，就你面前这个人回来了。”

“我大姐昨天也出发了，你们碰见了吗？”

“不止珠顺姐一个人，一树哥碰巧昨天也去了。”

“天哪！”

“你还真别说，洛基老师和珠京姐，一树哥和珠顺姐，这两组人马的进展速度可非常人可比啊。”

“太快了会出问题的……”

“算算亲戚关系，好像真的挺有问题的。洛基老师和一树哥是堂兄弟，珠顺姐和珠京姐是亲姐妹……”

“还真是。”

珠利好像后脑勺被人打了一下，脑袋嗡嗡的。

“最开始只是想搞个恶作剧，没想到亲戚关系这层，这是我们的重大失误啊。”

“我们是把这当成无心的玩笑，可洛基老师他……”

“洛基老师也一样，一开始也没料到事情会发展到这一步。珠顺姐和一树哥不知道洛基老师的想法，所以也不会往这个方向想的。”

“那怎么办？”

珠利急得直想跺脚。自己开了个不知轻重的玩笑，要是今年夏天这两对里面任何一对受到伤害，她都难辞其咎。

“别太担心啦。”

“怎么能不担心呢？”

“他们两对都还没陷得太深。不知是不是看出了不对劲，又来了一对踩刹车的。”

“踩刹车的？”

“三树的爸妈昨天和一树哥一起去了海边。”

“那也……”

珠利简直想哭。就算关系还没发展到更深一步，珠顺和珠京对一树和“洛基”老师有好感都是不争的事实。现在那两人中如果有一个不好好珍惜这份感情，姐姐一定会伤心难过的吧？

珠利感觉自己罪孽深重。

“你别太担心。这事发展到这一步，也和我有关，我责无旁贷。放心吧，没问题，有我在，没有什么是不可能的。”不知是不是看出珠利心情不佳，思奇安慰道。

刚从蛋糕店出来，大雨就倾盆而下。思奇去买了一把塑料雨伞，看样子是想两人共撑一把伞。可从刚才开始，珠利的心就一直怦怦乱跳。现在要一起挤在这把小小的伞下，心怕是要跳出嗓子眼了，甚至思奇都能听到她心跳的声音。为什么心脏的跳动偏偏不受意识的控制呢？

“再买把伞吧！”

“为什么？我们雅淡地共撑一把伞不行吗？”

“不行。”

思奇只好又去买了一把伞。珠利的心依旧跳得很快。真奇怪，明明思奇奉命又去买了一把伞，她心底里却觉得他这样更可恶了。如果下定决心做点儿什么，就应该贯彻到底，而不是像他这样首鼠两端的，她想。不过计较这些终究没什么意义，两人各打一把伞站在一起，不禁相视而笑。

“海边挺没意思的……你也没去，我就自己回来了。”

“没见过二十岁不到的人说话跟老糊涂了似的！”

珠利转身往公交车站走去。雨下得比刚才更大了。夏日阵雨总是伴随着强风，就算打了伞也没多少用处。很快，她膝盖以下就全都湿透了。

“那就再雅淡地走一站路吧。下个车站有好东西值得一看。”

“我要回家了，你自己去看吧。”

“其实是珠京姐要给你的一件雅淡的礼物，寄放在了下一站的文具店里。非常棒的礼物，你不想要那就算了。”

“你没骗我吧？”

“雅淡的我唯一的缺点就是不会撒谎。”

珠利将信将疑，还是犹豫着跟上了思奇的脚步。要走到下一站，得翻过一个矮坡。路边种的行道树是柳树，正是枝繁叶茂的时节。除了往来车辆，路上几乎见不到行人。珠利还是觉得很别扭，心中小鹿止不住地乱撞，只好走在思奇前面。

“话说，壬辰倭乱[①]的时候……”

思奇连忙追了上来。

“有一天下大雨。当时宣祖大王正在赶往义州避难的途中，贵为王公大臣，不也得赶紧去躲雨吗？就像你现在一

---

① 译者注：“壬辰倭乱”指1592年（壬辰年）丰臣秀吉入侵朝鲜，攻陷汉阳，朝鲜国王宣祖李昖逃往义州，向明朝求援，明朝派军援助。战争持续六年，最终以日本失败告终。史称“壬辰倭乱”，中国又称“万历朝鲜战争”。

样。可白沙李恒福[1]迎着风雨慢慢地走。问他为何不躲雨，他回答说‘跑着躲雨，岂非被那雨淋了一身，慢慢走反倒少淋些’。这就是所谓胸中自有天地宽嘛。”

“哼！”

珠利忍住没笑，用鼻子哼了一声。

爬到坡上，雨势更猛了。塑料雨伞剧烈地抖了两抖，终于被风掀翻了。珠利把书包放在地上，想把翻过来的伞面翻回去，但一切努力都无济于事，伞已经彻底坏了。思奇却不想把自己的雨伞给她，只是站在一旁笑。

“弄不好了！”

她实在看不下去思奇好整以暇地干瞧着，还转雨伞玩。

“把你的伞给我！”

“不给。”

“真不给？”

“不想淋雨就自己钻到我的伞底下来，我俩可以打一把伞。但想要我把伞给你，我自己淋雨，没门儿……”

“可恶，那我就不去了！”

珠利把破雨伞往地上一扔，躲到了树下。雨水顺着柳枝柳叶落下来，滴在脖子上激起一阵鸡皮疙瘩。即便如此，思奇都没有一丝一毫把雨伞给她或者走过来的意思。这种情

① 译者注：李恒福（1556—1618），字子常，号白沙、弼云等，谥号文忠。朝鲜中期文臣，诗人、文学家。

况下，男方应该强势一点儿，直接过来给女方撑伞的。他却站在那儿一动不动，惹得珠利更生气了。事已至此，现在就算他说一起打伞，她也不可能举白旗认输了。珠利嘴噘得老高，透过重重雨幕，向坡下望去。

就在此时。

山坡下出现了一把黑色的雨伞，正往坡上移动。她看清打伞的是个年轻男人，表情有点儿凶，身材魁梧健硕，和大猩猩有一拼。

“叔叔，那……那什么，可以和您一起打伞走一段吗……”

她也不管对方如何反应，喊完就径直冲到了年轻人的伞下。

“唉，还真是湿透了。”年轻人扶住珠利，恋人般关心地说道。珠利这时才向思奇吐了吐舌头。年轻人顺着她的视线望去，看见了傻站在那儿的思奇。

“那个男生是谁？”

“我不认识他。他莫名其妙地跟着我，简直不堪其扰！”

“什么！”

年轻人二话不说就朝思奇勾了勾手指。

“嘿，你小子给我过来！”

“怎……怎么了？”

“你小子敢骚扰女生？”

“没有没有，我就是想让她和我一起打伞。”

年轻人立刻皱起眉头，作势挥了挥拳头。

“臭小子，赶紧给我滚！回去擦擦你脚上的泥，钻你的被窝去吧！”

雨一直下。珠利和年轻人一起撑伞走下山坡，一只手偷偷背在身后，冲着跟在后面的思奇打手势，想给他的怒火上再浇那么一点儿油。思奇和他们保持着几步的距离，一直跟在后面。

“叔叔，您要去哪儿啊？”

“我已经到了，不过还是先送你回家吧。”

“我也到了。前面那个文具店就是我家。哎哟，我爸出来接我了！”

年轻人不肯轻易离去，珠利只好再扯个谎，她看到文具店的老板刚好从店里探出了头。

“哼，你站在文具店门口想干什么？”思奇问道。那个年轻人一走，他就无声无息地出现了，气鼓鼓地问店里的珠利。

“快给我！”

珠利伸出了手。

“给你什么？”

“珠京姐姐给我的礼物！”

“别傻了，哪有礼物？”

“你……”

“我骗你的。谁让你说谎，我也骗你一回……”

可珠利没有生气。她想做出生气的表情来，但她的每条血管里的血液都像这雨声一样，微凉，缱绻，吵闹，仿佛一辆火车远远驶来，缓慢而喧腾。

这天晚上，珠利收到了思奇的礼物。夜里九点钟，思奇爬上院墙，来到珠利窗边。他没有说话，只留下一张纸条和一件东西。那是一个拳头大小的小海螺。海螺壳已经用海水清洗干净，纹理细腻，色彩和谐，形状奇妙，合在一起宛如幻想的产物。

珠利把手指伸进海螺壳里，拿出了思奇放进去的纸条。

“最近在海水浴场里很难找到这么完美的海螺壳了。见到这只海螺，我就想到你既不能来海边玩，又得刻苦读书，这个夏天，真是让人心烦意乱。珠利，试试关上灯，静静地闭上双眼，把这只海螺壳贴在耳畔。你如此敏感，我想你会立刻听到东海的涛声……”

待到夜深人静，珠利关上了灯，躺在被窝里，照思奇说的那样，把海螺壳贴到耳边。果真能听到海浪的声音。不，不止声音。她看见了海浪拍岸激起的白色泡沫，闻到了海风咸涩的气息，海滩上的热砂就在她的掌心指间。

“谢谢你……”珠利把海螺壳放在枕边，入睡时她心里想着，“思奇……今年夏天，你把大海送给了我……”

入梦后，她的所有感官依旧在幻想着她的东海，那个遥远的东海，有一只美丽鲸鱼嬉戏其中的东海。

度假归来，珠顺和一树的关系越发亲密。怎么形容才好呢？拿学语文打个比方，之前两人还在学拼音的阶段，现在已经学到主谓宾、定状补了。总而言之，大姐珠顺这边的发展速度，显然快于二姐珠京那边。因此珠京、珠顺二人之间，产生了肉眼可见的嫌隙。

从海边回来的第三天晚上，这道裂隙第一次显形。都十点多了，珠顺画了个大浓妆，跑到了珠利她们的房间里。

“你们俩出去一下，我用一下你们俩这屋。”珠顺说道，浑身散发着浓烈的香水味。

“为什么？”

“你别管了，我有事。”

“有事你就在自己房间里办啊。”

珠利丈二和尚摸不着头脑，没看懂珠京为什么和珠顺吵起来，只好在一旁观战。大晚上的，珠顺非要跑到别人房间里还说她有事，到底安的什么心？芝麻绿豆大的小事，珠京却绝不松口，这也很难理解。

接下来发生的事立刻解答了珠利的疑惑。不一会儿，有个人从三树家那边爬过来，开始敲窗户。珠利一开始还以为爬墙的是思奇或者三树。谁知借着巷子里路灯的光一看，这次学野猫爬墙的人并非思奇或三树，而是大哥一树。

“珠顺！”

一树没戴眼镜，珠利还以为是老朋友登门，结果一把就被一树握住了手。

“你的手比昨天还细腻啊。”

一树继续说着，一只手握着珠利的手掌，一只手摩挲着珠利的手背。珠顺毫无准备地看到他这副德行，气得眼珠子都要脱出眼眶了。

“你干什么！”

珠顺一把推开被一树抓着手的珠利。一树也被连带得重心不稳，晃了两下，哐的一声撞在窗台上。珠利憋着不敢笑，只得紧紧抱着珠京，身子一阵阵地发颤。

“哼，真是没眼看，没眼看……”

珠京叹道，简直不知该说什么好了。一树似乎此时才意识到事态的严重。他也受不了这尴尬的气氛，只得赶紧顺着连接三树家阳台和院墙的木板往回爬。珠顺气得脸色都变了。这真是一个无星无月漆黑的夜啊。

两天后晚饭时，爸爸说起了大姐珠顺的婚事。饭吃到一半，爸爸忽然开了口。

“那什么……爸，今年秋天就得办珠顺的人生大事了。”

“那也得有人家要才行啊。”

这是爷爷常说的话，看来他没把这事当真。妈妈也差不多。可爸爸非常严肃地说了一句“有的”。

“有？”

“有合适的人家了。”

爷爷放下了筷子。

珠顺一张脸涨得通红。

“谁家？”

也不知爷爷是在问珠顺还是在问爸爸。

“就是邻居家的大儿子一树。”

“不行，我不同意。”

爷爷立刻斩钉截铁地说。

“爸，您别这样嘛！”

“总而言之就是不行！”

“我也反对。那个小年轻没什么内涵，空长那么大个子，看不出一点儿好来。”

妈妈也投了反对票。

“珠利，你怎么想？”

“我赞成。”

“珠京呢？”

“不好说，我觉得还得再看看……”

“珠顺，这是你自己的事，说说你是怎么想的？”

“我……都依爸爸……爸爸的意思办……我没什么

意见。”

世上到底还是有听话女儿的嘛，珠利在心里啧啧称奇。

珠顺满面通红，垂着眼睛乖巧地跪坐在地。看她这架势，是全凭父亲吩咐，自己做不了主的意思了。不过，现在的问题出在爷爷身上。她本人这么厚着脸皮等结果，爷爷却没有露出丝毫同意的迹象。

“爸，您到底为什么不同意啊？我觉得一树这孩子挺聪明的，工作也很稳定……”

“他什么都好，但我不喜欢这门亲家，一切都免谈。”

“不喜欢这门亲家？”

“就是他们家那个老婆子。这么个刁老婆子，孙媳妇嫁过去肯定要吃苦。你这都看不出来，还来问我？”

“爸，您也真是的。珠顺又不是嫁给那老太太。”

“住口！一把年纪这点儿事都拎不清……”

爷爷的声音一下子提高了八度，看来又要罚爸爸举收音机了。爸爸不由得缩了缩脖子。当天家庭会议就该提案进行的投票结果为两票反对，三票赞成，一票弃权。但由于爷爷采取了非民主的否决手段，该提案最终未能通过，留待日后再议。

Do!

第十一章

公珠去哪儿了？

她们都真心实意地想过好光明而健康的人生。

开学了。同学们三五成群地讨论着假期的快乐，交流各自的“情况”。

“老缠着我的那个男生根本不会游泳……”

人群中就属“废品”美林的声音最大。

“我刚往深水区游，他就套着个救生圈跟上来了。结果那个救生圈漏气，可把他给吓死了，一边挣扎一边嚷嚷。你们猜他喊的是什么？”

“救命？”

“泡面头”智英接茬儿，还在那儿比画，好像她真的掉进了水里似的。

“他喊的比这个可实在多了……”

“‘哦，好爽！’是这个吗？”

“你都想不到，他在水里挣扎着，一边呛水一边尖叫，‘我的救生圈，我的救生圈’！”

哈哈哈，清脆的笑声如同大珠小珠落玉盘，清晨的教室里充满了快活的空气。

珠利一个人在窗边站着，心中焦躁。她在等公珠。臭丫头，她默默念叨着，公珠那张癞蛤蟆似的大脸浮现在脑海。一次都没来找我……其实，暑假来学校补课的时候，她隐隐地期待着，公珠能来学校见她一面。连吵架的时候，她心里都在想着公珠，那公珠心里也该有她吧。公珠知道她假期会来学校补课，也许某天会冷不丁喊一声“珠利”惊喜现身。珠利坚信会这样的。只要她肯来，那么过去的事一概既往不咎。她也会叫着“公珠，笨蛋豆饼脸！”奔向她，拥抱她胸围九十八厘米的身躯。

然而，公珠彻底辜负了珠利的期待。

珠利感觉颇不是滋味。真正的友谊是永恒不变的，这可是中世纪数学家毕达哥拉斯的名言。

握手言和是高贵的品格。也许毕达哥拉斯的这句话说错了，又或者，她和公珠之间本就不是真正的友谊。为期二十天的补课结束了，公珠连影都没露过一次。珠利没想到自己会因为这事如此心情郁结。上课铃响了，班主任“奎恩”老师开始点名。公珠的座位到现在还是空的。

“安公珠没来？”“奎恩”老师环视全班，问道。

“报告老师，她没来。”

“有点儿不对劲啊……假期里的规定返校日她也没来，有人知道她怎么了吗？”

这个问题，全班无人回答。

“假期班级联络网里谁负责公珠啊？”

“我。”

英淑犹犹豫豫地从座位上站起来。

“你知道公珠家住在哪里吗？”

“我……不知道。”

“不知道？身为她的联络人，你连她家住哪儿都不知道？”

“我问过好几次她家的地址，她都找借口蒙混过去了。”

“好了，坐下吧！”

“奎恩”老师没再继续问下去。班里只有五六个同学家里装了电话，要启动联络网联系到每个人，大家都得自己跑一趟，当然要知道同学的地址。可公珠好像不愿意让别人知道自己住在哪里。

第二天、第三天，公珠都没来上学。

到了第四天，“奎恩”老师终于也沉不住气了，让班长和副班长起立。

“一会儿我给你们俩公珠家的地址，放学后你们去她家看看是什么情况。”

“九利是公珠的好朋友。”

副班长“泡面头”一定要拉珠利下水。

“那好，卜珠利，你也和她们一起去！”

“我今天要去医院看病。”

想也不想，珠利的谎话就脱口而出。

你这个大傻子……回到家，珠利在心里骂自己。仔细想想，她和公珠之间，根本就是一场没有真正矛盾的闹别扭。为什么她就不能先服个软去找公珠呢？到现在她还讨厌公珠吗？没有，并没有。她只是为了可笑的面子和自尊心，把自己包进茧房里，不敢面对现实。可恶，内心深处竟隐藏着如此狭隘庸俗的劣根性……

女孩子总是如此。

吵了一次架，尽管心里还记挂着彼此，却都不肯先伸出橄榄枝，没有道歉的勇气，搞得一年有十二个月都心存芥蒂。有时候高一吵架，高中三年都缓和不了关系，就这么尴尬着毕了业。光阴似箭日月如梭，过几年找个不怎么样的老公，还把他当成宝结婚。不管儿子女儿，生两个孩子就行。然后开始养孩子，每天给家里的开支记账，去参加学校里的“妈妈课堂”……唉，闪耀着青春光彩的细胞组织一点儿一点儿地被磋磨，活到偌大年纪，成了生活沉淀下来的渣滓，这时才幡然醒悟：当时那小小的所谓面子和自尊心是多么不值一提，毫无意义。

第二天早会的时候，班长康姬向“奎恩”老师做了简单的汇报。

“附近的人说公珠家三个月前就搬走了。”

“搬到哪里去了？”

“我们问了，但都说不知道。”

珠利听了如遭重击，心急如焚。

这时，“生理现象”慈景突然站了起来。

“老师，昨天晚上公珠给我打了个电话。”

“她说什么？”

“她说这一阵她不能来上学了，让我向您转达歉意。”

“为什么？”

“我也问她为什么不能来上学，可她只说有点儿事，然后就挂了电话。”

早会结束后，慈景给珠利传了张小纸条。

“公珠只问了你怎么样，她说她想见你……”

珠利一整天都没法安心学习。与公珠共同经历的许多往事，桩桩件件涌上心头，一时模糊如尘烟，一时又像冬日枯枝般细节分明。上高中之后的所有回忆里都有公珠的身影，没有一个片段不值得铭记。意识到这一点，她对公珠的思念越发深重。然而，她不知怎么才能找到她。她身上到底发生了什么？

就这样，两个星期很快过去了。

九月初，暑热未消。不知从哪里传出一条流言，是关于公珠的，正在学校里大肆传播。

一大早，隔壁班的“笑逗包”美玲就来找珠利。两个人偷偷逃了早自习，坐在紫藤花下的长椅上说起了悄悄话。

“你有什么话要说，还偏得把我叫出来才行？”珠利问道。

“关于公珠的。”

美玲也不讲前因后果，直接开门见山，说完还观察起珠利的表情变化来。

“你说吧。”

“那什么……我们班同学说她昨天晚上碰见公珠了。”

“在哪儿碰见的？”

“在市场里。据说公珠穿了身男式工作服，坐在一个男人的摩托车后座上进了市场。现在我们班都传开了，说公珠就是因为那个男的才不上学了。”

这句话的冲击力太大了。为一个男的，公珠连学都不上了？真是个惊天劲爆的消息，珠利根本不相信。然而，过了两天，学校里又疯传起了另一个毫无根据的消息：公珠正在市场里卖货。

“到底哪个说法才是真的啊？”

大家都在为公珠的事窃窃私语，“废品”美林又开了腔。

“无所谓，把这两种传闻结合起来看，事实是显而易见的……”

副班长智英也来帮腔。

“怎么个结合法？”

“公珠为了那个男的不来上学了。那个男的是在市场里做生意的，公珠当然只能和他共同为生活打拼喽。故事的全貌大概就是这样？”

“那……那就是说，公珠和那个男的已经一起过日子了？”

“这我哪知道……”

女孩们这才意识到自己的想象有点儿过火了，赶紧闭上了嘴。珠利在一旁听得怒从心头起，不假思索地瞪着智英说：“你说这话负责吗？”

“什么？”

“你能为你刚才说的话负责吗？”

“我要负什么责？”

“你给我搞清楚，你说的那些话严重损害了公珠的名誉。你们也该知道，公珠根本不是那种人！”

“大家都这么传，为什么要我负责？你又能保证你说的是真的吗？”

“我可以。”

“你怎么保证？”

“我很了解公珠，她绝对不会做这么不光彩的事。”

“哼，你从什么时候开始这么信任公珠了？”智英冷哼道。

“走着瞧。如果公珠真是这种人，我就当场退学！”

珠利急火攻心，张口就立下这样一个重誓。

“你是认真的？”

“当然！”

“是吗？很好。各位同学，大家都听见了吧？如果证实传闻是真的，珠利就马上退学。”“泡面头”智英用教室里所有人都能听到的音量高声宣布。

“你可真是的，就算再生气，也不能说这种气话啊。”

放学后，“生理现象”慈景和珠利一起走出校门，忍不住责备了一句。珠利却一条道跑到黑，完全不后悔自己的言论。

“我是真心相信公珠的！”

如果所有的传言都是真的，如果公珠真是如此不堪的人，珠利也确实不想再上学了。她相信，至少她和公珠都从未背叛过对彼此的信任和真诚……她们都真心实意地想过好光明而健康的人生。就算有时因为琐事“冷战”，也不能否认深植于心中的那份珍贵的“友谊”。所以，如果荆棘单方面刺破了“光明而健康”的底线，公珠真的因为男人而毁掉自己的人生，那么她当然也要为此负责。

这时，慈景又提了一个建议。

“我们成立一个搜救队吧？”

“搜救队？”

“嗯，现在关于公珠的一切传言，都是以那个市场为背景的。既然如此，我们就对市场进行地毯式搜索，一定能找到有关公珠的线索……”

“好，说干就干！”

从第二天起，慈景、美玲、班长康姬、英淑，还有珠利，几人一放学就去市场走访。“癞蛤蟆”三树和“鸭蛋”思奇也加入了队伍。与此同时，学校公布了九月第一次月考的考试时间。“搜救队”不得不暂时停下寻找公珠的脚步。

珠利下了很大苦功备考。

这次，她不再想赢过公珠，放弃了无聊的好胜之心。恰恰相反，她怀揣着复杂的心情去认真考试，只是希望与公珠重逢时，能把好成绩当成礼物送给她。更重要的是，考试第一天，“洛基山之鹰”在紫藤花下的长椅上说的话，给予了珠利莫大的勇气。

“最近您是不是不怎么和我二姐见面啊？”珠利先开了口，做贼似的悄悄问道。

“没有，我们今天还约见面了呢……你不用担心我们，我们俩也了解一树哥和珠顺的情况……”

“就算天塌下来，我家里估计也不会同意他们俩的事。”

“我知道，我们家也一样。如果不能在一起，我和珠京只做朋友也不错。”

“这么简单？分手了还能做朋友？”

“当然不简单啊。”

“洛基”老师光洁的额头上笼着一层阴云。唉，他现在想要抚平心中的创伤，但是心依旧在滴血。珠利这才领悟他说的意思。

“为了无法解决的问题而就此和她不见，对我来说更痛苦。我不想毫无担当地对她避而不见，直接断了我们俩的关系。哪怕有冲突，有痛苦，但克服痛苦也是一种宝贵的经验。”

“可是我二姐她……”

“珠京也能克服这一切的，她还年轻。我们的关系也没发展到不能回头的那一步。人总要学会战胜自己，战胜自己才能从心底生出自信。人生在世，宝贵的财富数不胜数，其中最宝贵的就是对自己的信任和信心。信任和信心从哪里来？都是在和自己的缠斗中获胜得来的。你也在成长，也要多积累和自己作战的经验。设定好目标，再努力去实现它，也不失为一个好方法……”

珠利不知道该怎么回答。

初秋澄澈的阳光照在操场上，排球队的队员们正在跑圈，每个人都跑出了一身汗。三圈、四圈、五圈……教练拿着一支大大的指挥棒跟在队伍后面，喊着：“不要掉队！”声音坐在长椅上都能听得一清二楚。“洛基”老师的目光跟随着她们，表情沉静平和，不知在想什么。珠利的呼吸也莫名其妙地急促起来，好像她也在跟着排球队跑步，也许是因为“洛基”老师此刻的表情吧。

“尽可能地多积累一些和自己作战的经验吧！”

“洛基”老师低沉的声音仿佛从内心深处发出，然后传遍全身，最终叫醒了珠利全身的每一个细胞。考试的时候她也有这种感觉。珠利想明白了，考试并不是思想的“枷锁”，只为让人履行义务，为给定的问题写下答案。其实，考试提供的是一个非常有效的机会，让人通过全力以赴的战斗去获得某种自信。

考完月考，珠利产生了一个荒唐的念头：她一下子长高了十厘米！原来“成长”是这个意思啊。有点儿疼，那就在疼痛的地方种上一棵新生的树……珠利暗自想着。

考试结束后，几人又开始寻找公珠。按照思奇的建议，两人一组，对市场进行分区走访。头两天依旧一无所获。

转机出现在第三天。

美玲和珠利今天负责查看铺面和铺面之间的小摊子。走过菜店，前面是卖工具的杂货铺，然后是四五个卖鸡蛋的摊位。

“嘿！九利！”

同行的美玲压低嗓音喊了一声，一把拉住了珠利的胳膊。珠利这时才发现，成堆的鸡蛋里坐着一个人，腿上还摊开着一本书，不是公珠是谁？她穿着一件破旧的衬衫，面容比以前憔悴了许多，并没发现珠利和美玲正惊讶地站在那里，依旧一动不动地低头看书。

“看来她在卖鸡蛋！”美玲悄声说道。珠利听了，眼中噙满了泪珠。只见一个提篮子的阿姨过去拍了拍公珠的肩膀。

“你这鸡蛋卖不卖？”

“哦，不好意思。阿姨，您随便挑……”

公珠抱歉地笑了笑，抬屁股起身招呼客人，不经意间目光扫到了珠利。

“九……珠利……”

“豆饼脸！”

“九利，小雀斑！”

公珠回应着，壮硕的身躯笨手笨脚地扑向珠利，碰翻了好几盘鸡蛋，掉在地上摔得稀碎，糊了买鸡蛋的阿姨一身，还把人家撞了个屁股蹲儿。

珠利和公珠拥抱住了彼此。

不知谁先起的头，两人一起抱头痛哭。这一幕实在出人意料，真不知道她们为什么要哭。特别是公珠，她的哭声响彻了整个市场，四周很快围满了看热闹的人。

“嘿，你们俩别哭，不觉得丢脸吗？”

躲在一旁的美玲已经独自擦干眼泪。她掐了掐公珠的肩膀，提醒她们适可而止。公珠这才回过神来，立刻摆出一副冷酷的表情，说道：“你们来找我干什么？”眼神也不再看向珠利。看来她冷静下来想起还在和珠利“冷战”，有点儿下不来台了。

“你这家伙，你知道我有多想你吗？”

“我也……很想你。”

公珠的眼里又盈满了泪水，再次紧紧抱住了珠利。

三树、思奇和慈景不知何时也挤到了看热闹的人群里，这时啪啪啪地鼓起掌来。被公珠那胸围九十八厘米的大胸压着，珠利的脸羞得通红。

“别抱那么紧，我……我喘不过来气……”

围观群众爆发出一阵欢快的笑声。

第十二章

友谊之蛋

洞悉对方的阴影和痛苦，
与之共同承担，
这才算是真的有感情。

第二天，针对公珠的问题，“贞”字班召开了一场紧急班会。慈景就公珠的近况做了详细的报告。

“首先，我要告诉大家，我们‘有容乃大’的安公珠同学一直以来始终在和她不幸的命运斗争，这也造就了她与众不同的诚实品格与旺盛的生命力。她家一共有四个兄弟姐妹，她是老大，童年生活很幸福……”

慈景说着，语气带着点儿幽默诙谐。但台下没有一个人笑出声来。

“公珠的父亲原本是公务员，却遭人构陷，不得不辞去工作。公珠的不幸也由此开始。在公珠读初二那年，她的父亲不忍心自己深爱的四个子女和妻子整日食不果腹、衣不蔽体，便和朋友一起在市场里做起了大米生意。”

“你说话的语气能不那么轻佻吗？”

智英打断慈景，提出了异议。

“我们现在是在讨论同学遭遇的不幸。我觉得你说话这个调调，对她不太尊重。”

“智英，谢谢你。”

慈景点点头，换了另一种语气。

“听说公珠的爸爸做买卖失败了。啊不，更准确地说，他是被人骗了。合伙人以公珠爸爸的名义到处赊米，总共赊了两百多袋，然后带着货跑路了。这两百多袋米，价值大概六百多万韩元①吧。为了还债，她爸爸把米店都卖了，但还差一半还不上。今年春天，她爸爸被人告诈骗和侵占资产，最终还是进去了……”

“怎么会这样……”

同学们议论纷纷。

珠利沉默地望着窗外。自责让她无比心痛。公珠一直身

① 译者注：按2023年汇率，600万韩元约合人民币32000元。本文故事背景为20世纪70年代，600万韩元在当时不啻为一笔巨款。

处逆境，表面上却不显山不露水，独自克服着一切痛苦。那个时候，作为朋友她又做了什么？只知道恶作剧，只知道听着流行歌曲摇头晃脑。而这些琐碎小事，也可能给公珠带来了心灵上的伤害——她的朋友有胡闹的权利，她却没有。其实，她根本不配做公珠的朋友。珠利咬着嘴唇，低下头，把额头抵在课桌上。她看不到也分辨不出掩藏在公珠开朗外表下的阴影，又怎么能说和她有深厚的感情呢？洞悉对方的阴影和痛苦，与对方共同承担，这才算真的有感情。

“没别的办法，她妈妈只得出来讨生活……”

慈景继续讲述着公珠的故事。

“于是，她妈妈开始在市场里卖鸡蛋。谁知屋漏偏逢连夜雨，今年暑假连她妈妈也出了事。一天晚上，阿姨在巷子里被汽车给撞了，撞她的那辆车还跑了。阿姨被撞得膝盖髌骨骨裂，大腿骨骨折。骨折的部位打石膏就行，而髌骨骨裂必须做手术。肇事车辆逃逸，自然没人来付手术费。她们家连吃饭都成了大问题。公珠的妈妈现在还躺在小出租屋里，公珠拼命卖鸡蛋，也只够买点儿抗生素给妈妈吃，好让伤口别化脓。公珠也是因为这个才没法来上学的。最后，我想说的是，我并不是在号召大家一起来帮助公珠。你们还记得今年春天公珠是什么样子的吧？那时她爸爸刚刚入狱，我们却没一个人发现她有多么困难。她是如此开朗有活力，哪怕遭遇这么大的不幸，也没显露出不对劲。大家想想那个乐呵呵总在逗人笑的公珠吧。那时她心里该是什么滋味？我觉得这才是公珠最大的闪光点，一般人无法模仿。指甲盖里不小心扎了根刺就哭，和朋友为琐事吵架后叫唤着‘想死’，暑假不能去海边玩……这对我们而言，似乎已经是最大的不幸了。可公珠呢？她忍受着强烈百倍的痛苦，不仅不让人看出来，反而还把欢笑带给我们。我不敢妄称自己是她的朋友……但曾经有一位如此优秀的同学在我身边，现在想来，是多么值得开心的事啊。就连昨天……我们见到她……她还……还请我们吃鸡蛋……”

慈景哽咽着说不下去了。

珠利无声地站起来，走向讲台。教室里安静得如同堕入深水之中。站在讲台上，珠利一时不知从何说起，踌躇片刻，好不容易才开了口。

“不仅仅是我们班……全校的同学都知道……我和公珠是形影不离的好朋友。可作为所有人口里的那个‘朋友’，我完全没注意到公珠正在困境中挣扎。反而为了自己生活里的一点儿小小乐趣，利用她单纯豁达的性格，做错事还要让她来给我挡枪。我……把友谊……当成某种枷锁，用它来套牢公珠，不停地向她索取。而她需要什么，我一丁点儿都不想知道。现在想来……我真是寡廉鲜耻、自私自利。我昨天想了一整夜，现在，我要向公珠，同时也向全班六十名同学，为我犯下的错误真诚地道歉，希望大家能原谅我……”

副班长智英忽然站了起来。

“大家的心情都是一样的……”

说着，她走上前来，不由分说地握住了珠利的双手。

“珠利真是太勇敢了，对不对？”

智英问大家。

同学们深知这两人从开学起就是冤家对头，每天吵闹不断。智英的态度突然一百八十度大转弯，大家心里都有些疑虑。所以没人回答，都沉默着等智英接着往下说。

“我想，就像大家都知道公珠和珠利是好朋友，珠利和我关系并不好，也是人尽皆知的事。现在听了珠利一席话，我非常惭愧过去做过那些事，真想找个地缝钻进去。我才是那个欺负公珠和珠利，寡廉鲜耻、自私自利的人啊。不，我觉得这不仅仅是我和珠利之间的问题。我们都应该以此为契机，进行深刻的自我反省。朋友啊，友谊啊，我们总是打着这些冠冕堂皇的旗号，可又有几个人能拥有真正彼此毫无亏欠的情谊呢？有一本书上是这么写的，‘真正的友谊是表里如一的，表面玫瑰背后荆棘的并不是友谊。’我们班有谁敢说自己从没为了一己私利欺瞒过朋友？谁敢说自己对朋友的痛苦都能感同身受？能做到的举手！”

没有人举手。

众人都微微低着头，每张脸庞都笼上了一层阴霾。教室里的六十名同学都在默默反省自责。智英继续说了下去。

“我们大家都是一样的。但今天我发现，珠利拥有一种我们没有的宝贵品质，那就是不为自己文过饰非，敢于将自己难以启齿的错误坦率地剖白给大家。如果没有珠利率先站出来说出心里话，就算明知自己做错了，我也会选择遮掩、狡辩。刚才我说‘珠利真是太勇敢了’就是这个意思。现在，我也想鼓起勇气，在全班同学面前给珠利赔个不是，请求她的谅解。这段时间以来是我的错，对不起，珠利……”

“智英！”

两人握紧了对方的手，激动地望着彼此。不知是谁带头，同学们热烈地鼓起掌来。

班长康姬这时才作为正式的班会主持人来到讲台上。

“尽管公珠没来上学，但她今天还是送给了我们一份大礼。诚如智英所言，她不仅让我们看到了正直勇敢的美好品质，也让我们明白了什么才是真正的友谊。说实话，这段时间以来，班里同学关系一直维持着表面上的平静无波，但每个人都是一座孤岛。六十座小岛彼此孤立，同学之间的感情也很疏离淡漠。比起朋友，我们更愿意把同学当成考大学的竞争对手。大家之所以常说‘高中不如初中有意思了’，就是因为这种疏离。当然，现在我们都长大了，有各自的烦恼，需要解决的问题也各不相同。为了考大学，无论是在学校还是在补习班，我们都备受煎熬。不仅如此，作为女生，大人不理解我们，过度干涉我们的自由，让我们的活动范围越来越窄。虽然有这么多干扰因素，但我想，导致我们的校园生活反而比初中时更无趣、更单调的原因，主要在于我们自身，我们必须自己负起责任来。以此为契机，如果我们班的同学都能收获真正的友谊，那也不失为一件好事。”

“说得好！”

教室后面突然传来一道粗重的男声。大家吓了一跳，原来班主任“奎恩”老师不知何时来到教室后门，挺着他的驼背站在那里。

“同学们，你们一定要好好珍惜十六岁的美好年华。因为十六岁是播种期，要在人生的起点撒下充满璀璨预言的种子。刚才的讨论非常棒！”

这一刻，“奎恩”老师说的“播种期”三个字，在珠利心中烙下了一道深刻的印痕。是啊，我们正处在最宝贵的季节，要为未来撒下种子。经过一夏一秋，最终收获多少果实，与当初种下多少种子息息相关。

“我刚巧路过，听到了大家的讨论。作为你们的班主任，没想到大家的头脑如此清醒，心灵如此纯净。我现在……真是太爱你们了，简直想抱着你们亲两口。”

“奎恩”老师也许是太感动，说的话也突破了平时的尺度。

“亲两口？我的天，好恶心！”

不知谁喊了这么一嗓子。全班哄堂大笑，甚至有人拍桌狂笑，班级气氛也为之一新。方才沉重忧郁的感觉一扫而空，教室里充满了快活的空气。

“老师，您能先离开一会儿吗？”

“怎么了？”

“如何解决这次的问题，我们想自己商量决定。”

“是吗？这可有点儿伤老师的心啊……”

“就算伤您的心，没办法，也只能请您回避了。毕竟我们没法和老师像朋友那样自然地相处。您又抽烟又喝酒的，还已经结婚了。我们的朋友里可没有抽烟喝酒的已婚人士呢。”

教室里又笑成一片欢乐的海洋。

“不过，有一件事还要请老师帮忙。”

“什么事？”

“我们想就公珠的问题讨论一些具体细节，需要开一场全体会议。可现在马上就要上第五节课了。”

“想让我把这节课借给你们开会？”

“是。”

“好吧！”

“奎恩”老师离开了教室。

围绕如何帮助公珠同学的议题，班长康姬主持召开了本次会议。有人认为，最普遍也最简单的方法就是给她捐款。也有人提议去找报社或者大医院，想办法让公珠的妈妈能享受“免费手术”的待遇。

“这些建议当然都很好，但是直接给公珠钱，从她的角度讲，收也不是不收也不是，还显得我们诚意不够。我觉得不如我们去收废品卖了筹钱如何？”

“废品”美林的提议很符合她的身份。

“卖废品能有几个钱？”

英淑没站起来，直接回了她一句。

“我们可以把自己家里的废品带来，星期六、星期日也可以去公园或者郊区的景区捡废纸和空瓶，还能保护自然环境，岂非一举两得？”

“我同意！”

后排座位传来一声吼。

“且慢！”

珠利站了起来。

“美林的主意很好，但存在几个问题。第一，只在周六周日行动，恐怕要好几个月才能凑够帮得上公珠的钱，时间上不允许。第二，我们是女生，去郊区活动没那么自由，我也担心学校方面是不是支持我们的行动。我倒是有一个更稳妥的办法……”

珠利顿了一顿，隔壁教室传来历史“斜耳朵”老师敲黑板的声音。

“有话快说。”康姬催促道。

“不管是捡废品还是直接给公珠捐钱，以她那么强的自尊心，可能反而会受伤。所以我想，既然公珠在卖鸡蛋，那我们每家的鸡蛋都从公珠那里买，是不是一个更好的办法？鸡蛋这种东西，可以一次性买很多，每家每户也都要吃鸡蛋。先从我们班开始，然后在学生会全体代表会议上号召大家参与，这样就能得到全校同学的支持了。我们学校一共有一千八百个学生，那种用稻草扎起来的十个一条的鸡蛋，一人买一条，积少成多也有一千八百条。一个月每家鸡蛋的消耗量都不少，加起来能卖的数额相当可观呢。”

“有道理！”

“生理现象”慈景拍桌叫好。

“这个主意好。我叔叔家在富平那边开了个大型养鸡场，进价划算的鸡蛋要多少有多少。”

智英提供了一条鼓舞人心的有效信息。

“对了，其实我家在旧摆拨那边养鹌鹑。如果需要鹌鹑蛋，我来负责货源。”

学号1号的“墩墩”吉艺（因为她个子小，五短身材，所以外号“墩墩”）也提供了一个意料之外的好消息。货源问题就这么轻松地解决了。

“我先来买十条。”

“我十五条！”

“我家里人都特别爱吃鸡蛋，买上二十条，两星期就吃完了。”

众人如同竞拍的买卖人一样，你十条我二十条地互相别起苗头来。

“她一直卖鸡蛋也是个问题吧？”慈景说道。

“有什么问题？”

“公珠已经缺课二十多天了，她要卖鸡蛋卖到什么时候才能来上学？”

“唉，确实。”

“我觉得吧，虽然这个提议有点儿离谱，但我们是不是可以和老师商量商量，每天上完两三节课，大家轮流去替公珠卖鸡蛋？”

“我们去卖鸡蛋？”

“有什么不可以的？就卖卖鸡蛋和鹌鹑蛋，非常简单的事。六十个人，每天派两个人去，除去星期六、星期日，差不多每个人每月也就轮到一次，早退一次有什么大不了的？比起一两个月里少上几节课，在市场里实际卖上一天货，能收获更多的人生经验。这样一来，公珠就有时间上学了……奎恩应该会同意的吧？”

“言之有理！”

“慈景，你可真是当国会议员的料啊！”

就这样你一言我一语，众人行云流水般把所有计划都拟好了。一想到不仅能帮助同学，还能收获在市场卖货的人生新体验，大家都对新世界满怀期待憧憬，兴奋得有点儿飘飘然了。

会议书记员将记录下的本次会议决议抄写在了黑板上，具体如下。

1.各人家中所需全部鸡蛋与鹌鹑蛋皆从公珠店内购入。

2.班长、副班长宜尽快将意见提交至学生会全体代表会议，将此次行动扩展至全校范围。

3.两人一组结对，轮流替公珠卖货。

4.为了确保本次行动效果，现分配任务职责如下。

总指挥：班长金康姬

销售负责人：朴慈景、卜珠利

供货负责人：吴智英、李吉艺

社会服务负责人：玄美林、成夏俊

对外联络：余下全体同学

5.本次行动代号“友谊之蛋”。

书记员夏俊在离开讲台前又在黑板上加了一句话。

“自明日起，自带饭菜必须含鸡蛋，各人家中也要尽力多吃鸡蛋。表现优异者，也许会获颁‘鸡蛋消费奖’……”

“友谊之蛋”仿佛生出了翅膀，飞速进入热销模式。这一计划不仅得到了全校同学的支持，连老师们也特意大老远地跑去买鸡蛋。尤其是班主任“奎恩”和校长“担架”，两人都给予了此次行动令人感动泪流的大力支持。

“校长，您拎着皮包做什么啊？”

全体代表会议通过了“友谊之蛋”计划后，消息立刻传遍全校。第二天，校长前所未见地拎着好大一个皮包来了学校。“担架”校长笑得像个害羞的女孩子，一脸的皱纹都笑开了花。

他指着珠利说道：“放学后陪我去个地方。”

“报告校长，去哪儿啊？”

“去找那个胖同学。”

“啊？”

“我准备这个皮包就是为了买鸡蛋呀。”

“我……我替您去买吧。”

“不用。第一次买，我想自己去看看。”

“谢谢您，爷……啊不，校长！”

珠利差点儿管校长叫“爷爷”，因为那一瞬她感到校长是如此亲近和蔼。

无论是在教室还是在办公室，每个人打开带饭的饭盒，全都清一色是鸡蛋做的菜。看到新的鸡蛋菜式，同学们也会互相问菜谱，说“明天我也让家里这么做鸡蛋”。

“我妈说，你以前从来不碰鸡蛋，现在专门吃鸡蛋，原来为了朋友可以改变饮食习惯哇。”

“不仅是饮食习惯变了。看看我们班同学最近那光滑的小脸，都是靠鸡蛋变身成美女了呢。”

“那你呢？”

“我最近也养成了每天晚上敷鸡蛋面膜的习惯……”

“我妈还骂我来着，说我不好好学习，专门学习钻玩意儿，把那么贵的鸡蛋往脸上抹。”

“那你就努努力，全都吃了，有什么好发愁的？”

“怎么不愁啊，我都不敢吃了。十天体重涨了一公斤，这不都是吃鸡蛋吃的？”

“话说回来，真希望赶紧轮到我值班去卖鸡蛋。”

“对了，如果有帅哥来找你买鸡蛋，你可不能随便多给哦。”

“说什么呢……男生来买，我还要给他缺斤短两呢。”

同学们的聊天内容都离不开鸡蛋。

渐渐地，校内外由鸡蛋引发的怪事奇谈层出不穷，堪称“友情蛋之乱”。而这场“鸡蛋风波”也影响到了珠利和三树两家。

“姐，我给你做个鸡蛋面膜吧。”

每天晚上珠利都要先来问珠顺。

“又做？”

“说什么又不又的？变美的事，一百次也不嫌多。一分耕耘一分收获嘛。”

“珠利，你功夫见长啊。”

“什么功夫？”

“耍嘴皮子的功夫。”

“所以要多吃鸡蛋嘛。”

这个时候，珠顺已经半梦半醒了。珠利先用面霜为她清洁面部，然后涂上蛋液，每个犄角旮旯都照顾到。涂好后一看，真不知是人是鬼，活像马戏团的小丑掉进了鸡蛋里。给大姐珠顺做好脸，再给二姐珠京做，接下来是妈妈、爸爸。都做好了，珠利拿起鸡蛋就往爷爷的房间走，准备展开她的鸡蛋攻势。毕竟，至少在目前这个鸡蛋问题上，“消费是一种美德”。

“爷爷，您一个人很无聊吧？”

“是有点儿无聊。”

爷爷正在听收音机，见珠利来了，喜出望外。

“最近您脸色不太好啊。”

“脸色不好？”

“虽然您上了些年纪，但皮肤一直都很有光泽。可今天看上去怎么如此憔悴粗糙啊。”

“糟老头子一个，皮肤再好又有什么用？”

嘴上这么说，爷爷的表情却有些僵硬，已经开始东瞧西看地找镜子了。

“年龄越大皮肤应该越好才对。”

“哼，胡说八道……”

“真的哦。我有个同学的爷爷都七十多了，皮肤好得和三十多的人似的。”

“他家的孩子一定很孝顺。”

“孝不孝顺又和皮肤有什么关系？”

“孝顺的孩子会天天给他熬补药喝，做有营养的饭菜给他吃。”

哎哟，珠利听得心下一紧。一句话没说对，又给爸爸招来了一顿骂。爷爷这意思不就是说，他皮肤干燥全怪他儿子不孝顺？

“爷爷，我同学她爷爷皮肤好，和补药没多大关系，都是鸡蛋的功劳。”

“鸡蛋？”

“没错，鸡蛋营养丰富，用它来护肤，可以直接为肌肤补充营养。”

“那……那你是想像给你大姐二姐弄的那样，也给我满脸都糊上鸡蛋？”

“您懂得好多呀。不是糊上鸡蛋，是用鸡蛋护理啦。这就给您做，您赶紧躺下……”

“哎，瞎胡闹……”

爷爷似乎有些不好意思，拢了拢不剩几根的头发，盘腿往那儿一坐。

“唉，爷爷您怎么这样……对了，三树的奶奶每天都用鸡蛋做面部护理，您没见她脸上皱纹都少了吗？护理不仅能减少皱纹，还能促进新陈代谢，从根本上抗衰老呢。”

“新陈代谢，什么意思？”

“反正就是有这些功效啦。算了，反正您好像很想快速变老，那我也没办法。我还不如去给邻居奶奶做呢。”

见珠利要起身走人，爷爷连忙抓住了珠利的袖子。

“既然……你诚心诚意要给我做……那就做一下吧……不过呢，我有个条件。”

“什么条件？”

“这事不能和别人说。”

“没问题。”

“那……那你先把房门锁上。”

于是，虽然不能说每天都如此吧，但一到晚上十点钟，珠利家所有人都病人似的躺在那里，每个人的脸上都敷着鸡蛋面膜。

三树家的情况也不遑多让。“鸭蛋”思奇没白天没黑夜地施展他的“蛋蛋诱惑”，从三树妈到一树、奶奶和三树，没人能逃脱鸡蛋面部护理的命运。

“哥，别老动。”

一树脸上严严实实地糊了一层蛋液，手却到处乱摸。思奇按住他的手，叫他不要乱动。

“给……给我来根烟，放我嘴里。”

唇周涂满了蛋液，脸紧绷绷的，一树连说话都说不利落了。他断断续续结巴着说话，像弥留之际的病人在留遗言，结果说出来的竟然只是要一支香烟。

“您就忍忍吧。要是知道你连二三十分钟都忍不了，珠顺姐会怎么想？”

“唉……”

一树呻吟了一声，闭上了嘴。只要祭出“珠顺姐”这个大杀器，一树哥就会自动投降。

“思奇，鸡蛋护肤能祛痘吗？”

这回轮到了三树。他把一张癞蛤蟆似的大黑脸托付给了思奇。这张大脸，鸡蛋都要用两三个，促进消费当然算大功一件。但要给这张“豆饼脸”做护理，思奇还觉得挺别扭的。

鸡蛋可没那么大能耐，能让如此抱歉的脸变帅变漂亮。鸡蛋只是鸡蛋，人生孩子鸡下蛋，仅此而已。鸡蛋面膜显然不能“点石成金”，这不是明摆着的事吗？

尽管如此，每次做完鸡蛋护理，三树都要照上一个小时镜子，好像他真的变成了洛克·赫德森或者詹姆斯·迪恩那样的大帅哥，脸上露出心满意足的微笑。思奇看了都替他难过。现在他竟然泰然自若地问出“鸡蛋能祛痘吗”这种离大谱的问题，难不成他以为鸡蛋是包治百病的灵药仙丹？

“祛痘？当然不在话下了。”

“不在话下？”

“做了鸡蛋护理，阑尾炎都能雅淡地无药自愈呢。”

“笑死人了。”

“我可没开玩笑。我爸之前得阑尾炎，做了鸡蛋护肤，效果显著。”

“鸭蛋”思奇敷衍着他，心里想的却是“你自己玩去吧”。真奇怪，他笑都笑不出来。另一边一树涂着满脸蛋液，好像已经睡着了。只见他咧着嘴，口水顺着一边嘴角流下来，汇成了好大一片水洼。

唉，真是可悲的兄弟二人组啊。思奇不由得咂了咂舌头。

不过，这天晚上思奇也犯了一个错误，那就是没等到给三树擦干净脸上的鸡蛋就睡着了。不对，实在不能说这是个“错误”。应该说是因祸得福，要是没有鸡蛋护理，三树家的“万贯家财”可就保不住啦。

刚过十二点，有个小偷溜进了家门。

小偷是从后院墙翻进来的，直接翻到二层阳台上，然后闯入了三树的房间。屋里只亮着一盏低瓦数的蓝光灯，小偷翻进窗台，一低头映入眼帘的就是一树和三树的两张大脸。

这是什么情况？

每个躺着的人（从小偷的角度上讲当时他可能觉得躺着的不是人）脸上都没鼻子也没眼睛，还泛着诡异的光（想象一下蓝色灯光下涂了鸡蛋液的脸）。虽说小偷的心理素质强于常人，但这时也慌了手脚。他往后退了一步，碰翻了书桌上的台灯。台灯砸到了三树的肚子上，三个人全都跳了起来，受惊的面孔更如凶神恶煞。小偷情急之下从阳台直接跳到了院子里。

“抓小偷！”

一树尖叫起来。连珠利家的人闻声也立刻把脑袋探过了院墙，接着也赶过来帮忙。跑出来抓小偷的竟然一个正常人都没有，每个人都满脸蛋液喊打喊杀。

小偷为了闪躲追上来的三树兄弟，不住地往大门方向退。

“饶命啊！”

小偷哀号着。人躲人是发不出这种声音的，只有人躲鬼的时候才会叫得这么惨。

“我……我错了，饶了我的狗命吧！”

小偷跪了下来。看他还挺“天然呆”的，吓得体若筛糠，反倒让抓小偷的人过意不去了。直到这时，三树和珠利两家人才有时间看清对方的样子。

“呵，看看这成什么鬼样子！”珠利的爷爷不由得感叹道。老少人等全都挤在大门口，“癞蛤蟆”奶奶涂了鸡蛋面膜没洗脸就睡了，此刻脸上的蛋皮掉得东一块西一块的，模样更加一言难尽了。珠利家的人不约而同地叉着腰狂笑起来。

“哈哈，太好笑了！”

三树也立刻指着对面笑起来。

“对面的风景也不差嘛……”

珠利爷爷最先止住了笑声。

其他人也意识到有什么不对，转头去看时，爷爷已经捂着脸慌慌张张往自家大门跑去，边跑手指缝里边往下掉已经干透了的鸡蛋皮。

这回轮到三树家不约而同地笑了起来。

众人互相看着，手上指指点点，弯腰捧腹大笑。没一个注意到小偷已经悄悄溜走了。

第十三章
生存竞争

大胆往前走，
活着就是生存竞争。

“友谊之蛋”计划成果喜人。慈景和珠利负责统计，销售量肉眼可见地节节攀升。原来她们想，全校同学一人买一次，大概是个一锤子买卖。没想到一传十、十传百，亲戚朋友、街坊邻居都知道这事了，卖得越来越多，销量丝毫不见颓势。

现在的问题不在销售，反而在供货方面。

副班长智英为了确保进货渠道，去了好几次她叔叔在富平开的养鸡场，可还是无法保障每天七八百枚鸡蛋的供应量。叔叔先是和她说，一只鸡一天只下一颗蛋。后来又和她说，还有合作很久的批发商，不能为了她们就不给人家供货了。

没办法，她们只得再去找其他的批发商补一部分货。

还有一个问题，那就是如何安抚周边其他鸡蛋摊贩的抵触情绪。自从每天的销量超过两千枚鸡蛋以后，市场里的同行就产生了很明显的敌意。他们挑不出别的毛病，只能指责她们“学生不学习老来市场卖鸡蛋干什么”。

“怎么办？我一看他们的眼神就直起鸡皮疙瘩。”各部门负责人每隔几天都要开个碰头会，负责社会服务的“废品”美林对此颇为担心。她的忧虑并非没有道理。

“哼，是福不是祸，是祸躲不过。我们又不是在干什么违法乱纪的事，光明正大做生意，谁能管我们？大韩民国可是法治国家。没必要看别人的脸色，我还没听说过，卖鸡蛋还赶上走私了……”“生理现象”慈景说道。

“对，就得大胆地往前走。活着就是生存竞争，在市场里做生意尤其如此。要是打不赢他们，就没钱给公珠妈妈做手术，也没法把公珠爸爸从冰冷的监狱里救出来了。”“泡面头”智英附和着。

“不过，事情好像没这么简单。”

这回说话的是班长康姬。

“哪里不简单？”

“稍有不慎，校长和奎恩可能要受牵连。”

“你什么意思？”

“虽然我们每天只有一两个人早退，但是早退是为了去市场卖鸡蛋，好说不好听啊。要是有人揪着这个把柄不放，那首当其冲的就是校长和奎恩了。更何况担架校长熬过今年就该退休了。退休前，一点点不光彩的事情，都会给担架校长造成很大的影响……”

“很大的影响？”

“比如说，教育委员会或者文教部这种上级机关会派人来调查情况，而接受调查这事本身就是不体面的。”

大家听了，半晌都没说话。

可能受到伤害的不是别人，正是把教育作为终生唯一事业的“担架”校长，她们绝不能让这种情况发生。想到满头白发的校长拿着旧皮包亲自去市场买鸡蛋的样子，又有谁能不动容呢？

“不如这样……”

珠利终于给这事拍了板。

“从今天开始，我们分头去找其他卖鸡蛋的谈谈，和他们解释‘友谊之蛋’行动到底是什么，态度要亲切诚恳，我想他们都会理解的。我们总是只从自己的角度看问题，其实我们也有做得不对的地方。所以今后要采取双赢的办法，货源不足就从周围其他的摊位进货。我们可以吃一点儿小亏。具体而言，每天卖出的前两千枚鸡蛋走我们自己的供货渠道，超过两千枚的话，我们就从周围的摊位进货，每个鸡蛋让利一块钱。要是给人留下‘只顾自己吃肉不给别人喝汤’的印象，这也有悖于我们的初衷嘛。”

珠利的想法是正确的。

采用“一对一”的方式将事情一五一十地解释清楚后，大部分同行都欣然地对本次行动表示理解，很多人反过来更愿意支持女孩们的做法。

“我原本以为市场里人人骨子里都只知道挣钱，看来是我错了。”

慈景被其他摊主越来越“亲切”的态度感动了。

“我也一样。人心都是肉长的，有人看着凶，但都是热心肠。”

“嘿，珠利这话说得，真跟个大人似的。”

“是吗？虽然不能说我已经长成大人了，但比起以前，自我感觉确实是成熟多了。因为公珠，大家都经历了很多事，也学到了很多东西。”

“哎哟，这还一套一套的，你就别在我面前装深沉啦！”

这时，思奇和三树带着三树他们学校的足球队队员一行人，乌泱泱地涌到了摊位前。其中有几个是脸熟的同学，还有几个是第一次见，总共有七八个人。这群人来了二话不说就开始吃生鸡蛋。

“且慢，且慢！你们这是干什么？”

“我们会给钱啦。”一个满脸青春痘的男生答道。

“那我也得算好多少个啊。”

“那你就好好地数！”

思奇朝珠利挤了挤眼。眨眼间每个人就吃下去了三五个鸡蛋，再怎么会数数也不可能数得清。珠利急得直跺脚，慈景却捅了捅她，对她耳语道：“珠利，别管了。”

“怎么能不管啊？”

“没事，都交给我吧。瞧他们这狼吞虎咽的样，哪里还像人，简直是野兽嘛。驯兽是我的拿手好戏。”

“你这家伙……”

“特大”的鸡蛋本来一层层摞得老高，一瞬间就被吃掉了一半。这种大小的一条卖五百二十韩元。比“特大”小一些的是“大号”，再小一些的是“中号”，最小的是“小号”。明明这么多种，可三树这帮人专挑“特大”吃。

“大概多少钱？”“青春痘”又问。

“稍等，我这边记着呢……”

慈景连忙翻开小本子，头一点一点的，装作在数数。

“这可不是随便算算的，我数得清清楚楚，一共吃了七十九个。每个五十二元，二九十八、二七十四……嗯……一共四千一百八。”

慈景佯作镇定，合上了本子。

“你骗人！”

“奸商，真是奸商……”

“何止是奸商，简直是雁过拔毛！”

足球队员们打起了场上配合。“青春痘”一脚传中，“大高个”（看起来他怎么也得有一米八五）头球传球。“没错，绝对是黑心商家！”“扁豆饼”（脸太平了好像摔扁的豆饼）接球，起脚射门。

“怎么能这样呢？刚才吃得欢，现在要付钱了就想耍赖？”

威武霸气的守门员慈景根本不把这次射门放在眼里，轻轻一跃，揽球在怀。

“我们一共七个人，你说我们吃了七十九个，那就是我们一个人至少吃了十一个？”

“扁豆饼”不依不饶。他虽然长了个蒜头鼻，脸又宽得像个盘子，但这一脚球都不放过的韧劲和斗志，倒很像花郎队的主力李荣武[①]。

“明明没吃的东西，你不能硬说我们吃了吧？”

“如果一人吃了十一个，那也应该是七十七个，怎么会是七十九个？”

---

① 译者注：李荣武（1953— ），韩国男子足球运动员。

“您和那位（说着慈景一指‘大高个’）各吃了十二个。”

“好家伙，你倒是心明眼亮。”

“大高个”接头球似的晃着脑袋，想用另一种方式进攻。

“不是我心明眼亮，是各位每吃一个我就记下一笔罢了。”

“你真的记了？”

“当然。”

“那……”

“大高个”笑得淡定从容，上前一步，仿佛做好了万全的准备，确保能一个头球接住这脚传中。珠利心中十分忐忑，万一他真要看本子上的计数可怎么办？刚才慈景绝对没有时间去一个一个记他们这七个人各自吃了多少个鸡蛋。没办法，就看这临门一脚了。

果然不出所料，“大高个”跳起来接住了传中球。

“那就给我看看你记的。”

“凭什么让你看？”

“买肉的时候，卖肉的能不给客人看秤杆吗？”

“看就看！”

话虽如此，珠利却觉得球已经从守门员预判不到的角度箭矢般飞向球网了。但慈景不愧是当仁不让的伟大门将。只见她哗啦啦地翻开手里的本子，摊在对方面前：“你看看吧，一次看个够，看够了就把鸡蛋钱付了。”

珠利和足球队员们的目光全都聚焦在了本子上。

怎么回事？本子上按照ABCD的排序一直写到G，一共列了七个大写字母，每个字母旁边都画着小圆圈，应该是代表吃下去的鸡蛋个数。千真万确，五个字母后面画着十一个圆圈，B和G旁是十二个圈。

“B是那位同学（慈景一指‘扁豆饼’），G是这位高个子同学。只有你们二位吃了十二个，没错吧？”

慈景这一手简直神乎其技！本以为守门员要跃向左边扑救，而球则完全相反飞向右边，她却在空中一个一百八十度大转身，一把扑住了球。所有人都惊呆了，特别是好不容易使出浑身解数才打出一脚传中的“扁豆饼”和头球射门的“大高个”，更是惊得话都说不出来。两人嘟囔着“呵，还真是！”，几乎要像射门失败的球员那样跪在场上。

形势从此刻开始逆转，对方的阵脚乱了。

“那也该由三树买单！”“青春痘”说道。

“臭小子！怎么让我买单？”

“除了你谁还能在她家赊账？”

“本店谢绝赊账！”

珠利立刻拒绝。

“这么绝情啊。那只能少买点儿带回宿舍的鸡蛋了。”“大高个”说。

“不行，教练会一个一个地核对我们买回去的鸡蛋和账单对不对得上的……”

“这有什么，反正都是给我们吃的。”

“那也不行。他一定会喊着‘纪律、纪律’再罚我们在操场上跑五十圈的。”

“那只能每个人各付各的了。”

“谁不知道要各付各的？你忘了我们是从宿舍直接跑出来的了？谁身上有现金啊？”

“求求了，让我们赊一次账吧。”

见硬的不行，“扁豆饼”开始来软的。

“想吃霸王餐？没带钱就敢一通狂吃？说实话，看着你们一个人吃十一二个鸡蛋的时候，我就知道你们不是正常人了……”

“不是正常人？”

“Men no men，不是人。”

“说什么呢……”

“赶紧给钱，不然我就叫人了。你知道吃霸王餐是违法的吧？”

足球队员们陷入了四面楚歌的境地，每个人的脸上都写满了对“癞蛤蟆”三树的埋怨。不知为什么，三树从刚才开始就后退了一步，看客似的双手抱胸置身事外。

“这个问题，我来解决。”

“鸭蛋”思奇出手了。

“你小子，不早说你能搞定。”

“等等，你把我当你们球队的后援团了？我不可能白帮这个忙。今天的钱我先垫上，之后每人还我一千，期限是这个星期之内，怎么样？”

“每人一千？”

“利息就意思意思吧，我又不是放高利贷的。”

“臭小子……十个鸡蛋是五百二，就借两三天，竟然要还一千？”

“不愿意就拉倒。你们在这里丢人现眼，和我有什么关系。”

岂有此理。这时周围店铺的人已经念叨着“出什么事了”围拢过来，看这个架势，这帮踢球的要是胆敢造次，衣服都要被围观群众扒光。于是，思奇身上的现金被“光速”借空。

直到送足球队员们抱着捆成一捆的三十条鸡蛋打道回府，珠利这才抓着慈景的手笑起来。

“你到底是什么时候记的账啊？”

“我没记。你看，这只是夹在本子里的一张纸。”

“生理现象”慈景晃了晃手里的纸。

“单独的一张纸，所以……”

“如果好奇是怎么回事，不妨去问问鸭蛋思奇。”

“思奇？”

“是啊，他这不回来了嘛。”

果然，思奇和“癞蛤蟆”三树送别了大队人马，又往这边走了过来。

“赚的钱可得请大家吃饭！”

慈景向思奇一摊手。

“请吃饭？”

“你可是一瞬间就赚了三千多的利息哦。”

“那你们卖鸡蛋所获暴利不也得分我一份？”

“哼，我们可不会把卖鸡蛋的盈利据为己有。”

“这倒也是。好吧，就让我雅淡地做一回东。”

这时珠利才明白到底是怎么一回事。写着ABCD的那张纸是思奇提前准备好的。他悄悄把纸传给慈景，慈景迅速理解了思奇的战术，成功地抵挡住了足球队员们的进攻。思奇和三树一直在后面袖手旁观，也是因为胜券在握。

第十四章 离别的风

未来的崭新时刻，
正一步步向我们走来。

九月的月考成绩出来了，珠利以平均分九十分名列全班第五。上学期的期末考试才过去两个月，珠利取得的进步实在是令人惊叹。班主任“奎恩”老师在早会上夸了她半天。老师刚离开教室，大家就把珠利团团围住。

“嘿，小雀斑，传授下学习秘籍吧。”

“难道是快、准、稳（作弊的三大原则）？”

“你瞎说什么呢？小雀斑卜珠利是那种作弊的人吗？”

“我就那么一说。难道你吃了鹿茸？”

“和鹿茸有什么关系？”

“听说吃了对脑子好。”

“我看你是得补补脑了。珠利，满足一下大家的愿望，把你提高成绩的秘籍分享一下啦。”

不管大家怎么笑怎么闹，珠利一句都没有回答。哪有什么秘籍？她只是心里憋了一口气，不想输给公珠，整个炽热的暑假都没出去玩，一心向学罢了……

珠利现在只想对公珠说一声谢谢。

然而，第二天珠利来到学校，一摸桌斗，竟然收到了来自公珠的暖心礼物：一个一针一线手工缝制的漂亮钱包和一封信。

这是暑假我卖鸡蛋的时候抽空给你做的。如果可以的话，我真想把你的智慧源泉小雀斑也都绣上去。祝贺你这次取得优异成绩！虽然被你甩在了后面让我不爽，但毕竟是我实力不济嘛。我敢说，高一结束的时候，你一定能打败班长康姬，成为全班第一名。你这家伙最能干了！

——公珠 字

信封里装着花纹信纸，信纸上写着这样动人的话。这家伙，原来在我为了她赌气用功的暑假，她一边卖鸡蛋一边在给我做钱包呢。

公珠的座位上只放着书包，人不知道跑哪儿去了。

珠利走出教室，一眼就在操场边紫藤树下的长椅上看到了公珠的背影。

“豆饼脸，你这家伙！”

珠利从背后搂住了公珠的肩膀。

“谢……谢谢啦。”

“谢什么？”

“那个钱包。”

“傻丫头，要说谢也应该是我先说谢谢啊。我可不想在你面前这么生分客套，朋友之间有必要搞这套吗？”

“你什么时候也座钟附体了？小心思滴溜溜地转，我都听见声音了。”

“嘻嘻，从这个东西长出来就这样了。”

公珠摸了摸自己耳朵后面的那颗“福桃”，嘻嘻笑着。经历了这么多磨难，她依旧大大咧咧，没心没肺，行为举止一派天然，和以前比没有分毫变化。

“今天，有个很帅的男生帮我拎书包呢。”

“你书包的提手又断了？”

珠利想起当时那个像“朱利安”石膏像的男生帮公珠拿了下书包，结果她拎着光秃秃一个提手，满口“那什么”“的说”的情景，忍俊不禁。

“不是啦。那什么，下车时接过书包一看，我才发现那个男生的裤子上沾满了鸡蛋液。斜耳朵老师要买鸡蛋，让我给他带几条来。一个包袱皮里包不下，我就把多出来的一条放书包里了，结果全都挤碎了。”

“哎哟，后来呢？”

“我整个人慌得手足无措，连句对不起都说不出来。结果那个男生说……”

“说什么了？”

“他说：呵呵，我美餐了一顿呢。”

“什么？”

“怎么样？是不是很帅？他的声音也是我的菜啊。”

“得了吧。上次不就是有个老奶奶来还你书包？这次估计要有个老爷爷拿着男生的裤子来找你要清洁费了。”

“真是的，你鼻子下面（嘴）就没个把门的，能这么随便开我的玩笑？”

公珠喊着，摆了个跆拳道的起手式。哎哟哟，看看这家伙的宽肩厚背，胸围只差两厘米就到一米了，想要堵住她那张大嘴，得要一尺白布。还有，想想都可怕，她那两片厚嘴唇切下来两斤，剩下的还能往上噘，真够十五个人看半个月的。然而，不管公珠摆出的跆拳道姿势有多唬人，珠利都能用她珍贵的小雀斑一招化解。她的雀斑可不是一般的雀斑，实乃妙计之锦囊，智慧之源泉。

“你可太过分了！”

珠利鼻梁上星星点点的小雀斑开了口。

“我怎么过分了？”

“难道不过分吗？癞蛤蟆三树每天都想着你，你却因为别的男生帮你拎了一下书包，就心花怒放、神魂荡漾的……”

“豆饼脸”安公珠果然立刻软了下来。

“你说的是真的？癞蛤蟆真的每天都想着我？”

公珠像个小孩子似的咽了口唾沫。

“他老去摊位上找你，这你都意识不到？”

“他要是因为想我影响了训练怎么办？”

“没关系，他到你摊上的时候你好好喂他几个鸡蛋就行了。保证营养供给，运动成绩更上一层楼。”

“没问题，癞蛤蟆要是入选了国家队，我恐怕要送全场观众每人一个鸡蛋呢。”

“就算有三万个观众也送？”

“嗯，三万个观众也送……”

老天爷，珠利在心里咂了咂舌头。

这家伙为了朋友能大夏天一针一线地做钱包，这时却昏了头。不过，珠利又看到了公珠和上学期没有丝毫变化的一面，不由得暗自庆幸。她感觉到两人现在才算真的冰释前嫌、握手言和了。

这天，珠利回家时顺便去市场买了点儿毛线。她要各织一双又漂亮又暖和的袜套、手套送给好朋友公珠，送给她一个一生中最温暖的冬天。

窗外落叶纷飞，珠利坐在窗边，开始一针一针地织袜套。天上有几千颗星星，她能听得见秋风吹过院中银杏叶的声音。

“秋风萧瑟，绿叶染红换新装……”

窗外，三树家二层的房间里传来思奇清亮的歌声。珠利真想感谢上苍感谢世界，她深爱的朋友终于都能过上一个美好的秋天。

珠利织完给公珠的一只手套时，听到了有关“洛基山之鹰”令人难过的消息。那天刚到学校，教室里的气氛就和平时很不一样。包括副班长智英在内，所有同学的脸上都笼罩着一层阴云。

“你们都怎么了？”

珠利抓住“泡面头”智英，想要问个清楚。

“洛基山之鹰要离开我们学校了。”

“什么？”

珠利立刻想到了二姐珠京。是了，“洛基”老师也许是因为从珠京那里受到了伤害，所以才比原计划更早地离开学校。他伤得这么深吗？他又要去哪儿呢？洛基山可是在远得超乎想象的美国啊。

“听说要去巴黎学油画。”智英小声说。

“那……他什么时候走？”

“这个月月底吧。不过从明天开始他就不来学校上班了。”

“我们走！”

珠利猛地从座位上站了起来。

“去哪儿？”

“去找洛基老师。”

“找他干什么？”

珠利又坐了下来。是啊，找他要说什么呢？我们送给“洛基”老师的除了“洛基”这个外号、与珠京姐的分手，以及这个注定离别的秋天，还有什么呢？秋风瑟瑟，寒雨声声，他却要投奔新世界了——凯旋门与蒙马特高地，那里种着成行的七叶树，曾经住过毕加索、凡·高、莫迪利亚尼，如今他也将走上幻想与自我分裂的孤独艺术家之路，那是他的另一个世界。

珠利这才意识到：比起我们能给予他的世界，现在他要去的那个世界无疑更有价值、更加光辉灿烂。那么，我们能送给“洛基”老师的唯一一份礼物，不是追逐挽留，而是温馨祝福他的“离去”。

大家怀着忐忑不安又依依不舍的心情终于挨到了第五节课，美术课。上课铃声响起，“洛基”老师走进教室，依旧长发蓬松，没打领带，脸上看不出一丝波澜。

“今天怎么这么老实？”

这是“洛基”老师开口说的第一句话。看来今天班里如此安静，让他有点儿不知所措。

“其实，我最怕你们这样安安静静等我进教室了。想想上学期我上第一节课的时候，大家也是这么安静，等着我的可是水盆、胡椒面，还有坏掉的椅子呢。我太知道了，十六岁的年纪，孩子不出声，必定在作妖。”

智英默默地从座位上站起来。

“第一节课是我们搞小动作，但今天是您有事瞒着我们。”

“我瞒着你们？”

“是啊，老师，您就实话实说吧。”

“哈哈，我确实有件事要告诉大家。”

“……”

“昨天晚上我坐公交车回家。在终点站下车时，售票员小姐却没有查我的票。我想，可能是她以为已经查过了。当然，我应该主动补票，但是我把硬币攥在掌心里，又塞回了口袋。原来我也爱占小便宜。试想一下，坐了一个小时的车，却连一个子都不用付，是不是很爽？可我回家后良心不安，夜不能寐。现在和大家说了实话，心里才好受些。”

他说了个笑话，却没一个同学笑。“洛基”老师最擅长耍小聪明，有事装没事。可今天他越是状若无事，大家的心里就越难受。

“洛基”老师只得又干咳了两声。

“好了，我知道大家想让我说什么。那我就直说了吧。首先，今天是我给大家上的最后一堂课，月底我就要去巴黎了。连一年都没有教满，我感觉很对不起大家，但这也是无可奈何的事。和大家相处的时间虽然不长，却给我留下了很多忘不掉的记忆。衷心祝愿大家身体健康，我们所有人也都要保持身心健康。为了永远留住这份美好的祝福，我们一起来画一幅水彩画吧。好，现在开始准备颜料。”

“老师！”

班长康姬站了起来。

“又怎么了？”

“就按老师说的，大家都来画水彩画。不过，能不能让我们自由选择画的主题呢？”

“当然可以，没问题。”

教室里突然嘈杂起来。有人准备画纸，有人去打水，有人挤颜料……大家正忙着，康姬写了一张小纸条，趁“洛基”老师不注意，在教室里传了一圈。

纸条上写道：“我们都把要送给老师的礼物画下来吧。无论什么都可以，只要能让他在巴黎看着不感到孤单就好……”

珠利一开始想画二姐珠京的半身像。想了想，又觉得这个题材不太合适，好像并不能起到安慰“洛基”老师的作用。在遥远异域逼仄的小房间里，每天看着珠京的画像悲伤度日，珠利并不希望看到“洛基”老师那副样子。她反而觉得，“洛基”现在应该去一个完美的新世界。

于是，珠利换了一张画纸，画起了胡椒面、水盆、破椅子。因为这些才是代表了高一“贞”字班同学们十六岁花季的事物。众人各显其能，有人画太极旗，有人画学校的校舍，还有人在画自画像。

公珠在纸上画了一个硕大的椭圆形。

“豆饼脸，这是什么？”

“这是超特大鸡蛋。”

“超特大？”

“就是最大最大的鸡蛋啦。”

“你这家伙！”

看着公珠这张滑稽抽象的画，实在分不清画的到底是鸡蛋还是她那张大饼脸的轮廓，珠利不禁笑出声来。

十天后，“洛基”老师出发了。因为是上课时间，所以没人去机场送行。在没有“洛基”老师的美术课上，大家不约而同地纷纷画起冬天的景色来。好像大家都意识到，“洛基”老师一走，冬天就悄无声息地陡然降临了。

珠京的感受大概亦是如此。

她说话比以前沉静了许多，举止也沉静下来，连眼神都更加沉静。她在读阿波利奈尔的诗和雷马克的小说《凯旋门》。在珠利眼里，珠京现在看着有些伤感，但又好像突然成熟了许多。原来如此，一个女人的成熟和伤感是同义词。晚上睡不着觉的时候，珠利就画上几张速写，画的都是冬日凄清寂寥的景色。画着画着，她仿佛能看见“洛基”老师在蒙马特的街道上踽踽独行的背影。

进入十一月，“友谊之蛋”行动也告一段落。一家日报社报道了“友谊之蛋”这个令人感动的美好故事，公珠的妈妈也由此获得了免费手术的机会。

卖鸡蛋的全部收益都用于偿还公珠家的债务和改善公珠家的生活。同学们也收到了一个喜讯：公珠的爸爸就要出狱了！

天刚蒙蒙亮，公珠的爸爸走出监狱大门，天上适时地飘起了白雪，仿佛神赐的祝福。尽管气温低至零下，还是有两百多个人等在门口。其中有“担架”校长和“奎恩”老师带着他们讲义气的学生，也有市场里的商贩，都是来祝贺公珠全家团聚的。

对珠利而言，这个感人的场景终生难忘：公珠的爸爸衣衫褴褛、蓬头垢面，犹犹豫豫地走出监狱，众人满怀热情地站在那里，却没人敢贸然行动说话，只有公珠摇晃着她壮硕的身躯，像射出的子弹般奔向她的父亲，大家不由得鼓起掌来，而初雪正悄悄落下……

珠利也眼眶一热，跟着众人一起鼓掌，可她实在有点儿坚持不下去了。于是她从人群中逃了出来，独自走在清晨初雪的街道上。

街道还没从沉睡中苏醒。

偶尔有一辆空荡荡的公交车引擎轰隆作响地从她身边经过，行道树的叶子都掉光了，仿佛排成一列的剪影。舒伯特当时是什么感觉呢？珠利想。整整一个月都蜷缩在小小的陋室里忍饥挨饿，却写出了每个音符都如珠玑的《冬之旅》。也许他也想踏上这样一条拂晓时分初雪降临的路，在音乐中他是自由的，那自由也驱散寒冷，温暖了他……

这时，珠利发觉有人从后面跟上来，正和她并肩走着。转头一看，这人戴着顶皮毛帽子，少年气十足，不是思奇是谁?

“吓我一跳！”

“我见你一个人走了，就悄悄跟过来了。”

思奇没有看她，目视着前方。

“雪花在笑呢。”

“雪花会笑？”

“是啊，它笑话你一大早就盯梢女生……”

“珠利，我是为了保护你才跟过来的。”

“这笑话好冷。”

“真的，我怕你被刚才的场面感动坏了想自杀。”

“别胡说八道，我一个人安静会儿不行吗？”

“你怕什么？别人看见都会觉得是哥哥在雅淡地陪着妹妹走路。”

“谁和你哥哥妹妹的？”

对话就此终结，两个人都陷入了沉默。雪中的城市静寂澄明，清冷的早晨如同翠竹锋锐的叶子。珠利明白，这一切本身就是最纯粹的语言。世上哪里还有比这场雪、这个清晨更干净无瑕的词语呢？无论多么纯洁的词语，只要从口中吐出，都会在空气中留下不再纯洁的痕迹。

两人无言地走了许久。

不知从哪里传来一阵钟声。

“我想做礼拜。”

思奇突然开口，他的肩上、他的皮毛帽子上都覆了一层白雪。

“在雪地里走着，莫名地生出羞惭之心。怎么说呢，就是很想去雅淡地做一场告解。”

“想做就做呗……”

“可这里没有神父。”

“你是见到雪才感到羞惭的，何必要找神父？雪代表的就是神意。”

“珠利，你愿意成为我的雪吗？”

“成为你的雪？”

“我向你告解，你就以雪的身份对我说‘天主已经宽恕了你的罪过’。”

“好吧。毕竟现在我最想变成的就是雪。”

“……”

“赶紧告解！”

思奇的脸红得像个害羞的新媳妇，他抖了抖肩上的雪。

“那好，我这就……”

“赶紧的，我现在就是雪了。”

“我欺骗了父母。买参考书只需要五千元，但我骗他们说要一万元。”

“天主已经宽恕了你的罪过！”

珠利画了个十字。思奇垂下眼眸，继续忏悔。

“我欺骗了朋友。别人问我想死吗？我曾经回答，想。其实我完全不想死。”

“天主已经宽恕了你的罪过！”

“我也欺骗了老师。数学老师问我他长得难看吗？我回答他，不难看。”

“天主已经宽恕了你的罪过！”

“我还……欺骗了一个雅淡的小女孩。我无时无刻不想见到她，可我装作无所谓。”

“天主已经宽恕了你的罪过！”

“我甚至……打扰了那个女孩的清晨散步。我无缘无故地尾随她，还在她面前做虚假的告解。”

“天主已经……”

珠利猛地停住了脚步，没有说完这句话。她绝对不是因为思奇叫自己“小女孩”而生气，也不是因为他的虚假告解而生气。在她意识到思奇口中那个“女孩”是指自己的时候，那句“我无时无刻不想见到她，可我装作无所谓”回响在她耳畔，就像一枚刚刚刻好的木头章，无比鲜明地在她心中打下一枚印记。思奇绷紧琴弦，珠利心中的小提琴发出颤音。

“讨厌，我不想看到你！”

珠利喊道。她好想藏起自己羞红的面庞，于是快步向前方跑去。

“嘿，九利！”

思奇慌慌张张地跟了上来。珠利头也不回地径直往前跑。坏蛋，讨厌鬼，她小声嘟囔着。跑了几步，她一个不小心滑倒在雪地里，背后传来思奇拍手的声音。

“不想接受保护的小女孩没有被保护的价值！”

思奇笑了起来，肩膀一耸一耸的。可他光顾着笑了，没注意到珠利在干什么。珠利捏了一个拳头大小的雪球，朝着思奇扔了过去，毫无疑问，正中思奇的面门。偷袭他人，胜之不武。也许是眼睛被雪糊住了看不见，思奇不停地揉着眼眶，那样子好像个六七岁的小男孩。

这回轮到珠利拊掌大笑了。

天渐渐亮了，公交车进站排成了一字长蛇阵，迈着小碎步往公交站赶的行人也多了起来。城市从夜的沉默寂寥中睁开双眼，在忙忙碌碌中苏醒过来。

“太冷了，我们去喝碗红豆粥吧。”思奇说。

“大清早，到哪儿去找卖红豆粥的？”

“我知道，拐进前面那条巷子，有家雅淡的面包店，是我朋友家开的。我们去那儿吧。”

果不其然，狭窄的小巷里开着一家巴掌大小的店面。这里太小，太雅淡，也太温暖，珠利错觉这里不是卖面包的，而是在出售梦境。如果世界上真有出售梦境的商店，那么她要买的就是这个清晨，她拉着思奇的手，一起走到世界尽头。

“这位是我老家的朋友。”

思奇介绍的这位“老家朋友”看上去不像个学生。他留着毛栗子似的寸头，亲手给珠利和思奇盛了两碗红豆粥。红豆粥冒着热气，他们俩一口一口地慢慢吃。

窗外依旧在下雪。

“瑞雪兆丰年啊……”

“栗子头”自言自语着。

他身后挂着一幅很漂亮的字，写的是诗人金光均[1]的一首诗《雪夜》。珠利默念着那首诗，一种熟悉的感觉攫住了她的心灵：秋去冬来，一夜之间她的个子又长高了许多。

首尔幽暗的后巷
今夜　雪落在我小小的影子上
新雪悄声讲述着
温情旧故事
在窄巷里纷纷扬扬
像阿司匹林的粉末　细腻　闪光
娜塔莎般的少女
撑伞走在雪地上
雪是回忆的翅膀
是沾染尘埃的花束
打湿孤单城市的额头
落在公园的铜像
落在友人住所的屋顶
落在帕斯卡笔下灯火的忧伤
一整夜积成诗行

---

① 译者注：金光均（1914—1993），号雨社、雨杜。日本殖民时期现代派诗人中的代表人物，朝鲜战争后封笔，改行兴办实业，后为企业家。

思奇和“栗子头”已经低声聊起了故乡往事。珠利望过去，不小心和思奇四目相对。他的眼神比泉水还清澈，比雪花更洁白。

珠利连忙低下了头。

一种令她神魂震颤的预感一瞬间袭上心头——从此刻，从这个下雪的清晨开始，她很快就会脱掉这副十六岁的皮囊。不，虽然还说不清那是什么，但珠利确乎在思奇明亮的眼眸里看到了自己的另一个世界，她仿佛看到新的时间潮水般涌入其间。

这时，一只拳头突然伸到珠利面前。

珠利一惊，抬起了头。

“栗子头”一本正经地学着主持人的播音腔问道：“请问您感想如何？”

“什么感想？”

“初雪清晨的初次约会，青春期少女不可能一句想说的话都没有吧？”

“我的感想是，你这个麦克风太差劲了。”

珠利推开装作麦克风递到眼前的拳头，站起身来。思奇和“栗子头”像大人似的笑了起来。

“我先走了！”

珠利自己都没意识到，就迈步出了店门。

“一起走！”

知道思奇会跟上来，珠利头也没回就上了刚开过来的一辆公交车。要是现在和思奇待在一起，会被他发现心里那个预感的小小痕迹。透过结霜的车窗，她看见思奇正在路旁朝她挥手。

“青春期……”

珠利在口中默念这三个字，莫名其妙脸红了。“栗子头”明明讲了那么多话，怎么脑子里就剩下“青春期”这一个词?

到了学校，珠利偷偷翻开了《国语词典》，里面是这么解释的。

“青春期！开始关注异性并产生好感的时期。一般指青年初期，十五至二十岁。”

时间还早，操场上一个人也没有。珠利合上词典，望向覆着白雪的空操场。雪越下越大，片片雪花仿佛一只只小蝴蝶，操场对面的校门在雪中宛如一道剪影。珠利看着自己一路走来留下的脚印被刚落下的雪覆盖住，发了一会儿呆，恍惚间在纯白色的操场上看到了思奇的脸。

哼，这算怎么回事。

但这也只是自欺欺人罢了。珠利想明白了，清晨面包店里产生的那个预感，源于思奇那家伙。心中已经有一棵秘密之树破土而出，哪怕狂风暴雪，哪怕零下几十度，那棵树始终长青，在严寒风雪中颤抖，却依旧生长着，散发出令人无法抗拒的馨香。那棵树，名叫思奇……

再过三天就要放寒假了，珠利终于织好了给公珠的手套。

漂亮又小巧。

正看着放在课桌桌斗里的手套，忽然有人拍了一下她的肩。是公珠。

“哇，好漂亮…… ”

公珠立刻抢过手套，戴在手上，十指握紧又松开。

“哎呀！我都不知道你有这么好的手艺，太惊喜啦！这是你织给自己戴的吗？”

“是要送人的。”

“送给谁啊？我真想看看那个人的手相。”

“看手相干什么？”

“想看看她和我有什么不同之处。”

哈哈，珠利在心中暗笑。自从她爸爸出狱，公珠看起来比以前更丰满了。在珠利眼中，她的下巴好像可爱的河马。

“我给你织个围嘴吧？”

珠利下意识地问出了口。

“围嘴？”

“不是，那什么……你这下巴看着挺冷的。”

“你这家伙，说什么呢……”

公珠戴着手套，摆个架势学拳击手那样一蹦一跳的。

“我问你话你还敢不答？你说什么围嘴？”

“我错了我错了，对不起。其实吧……这副手套是送给男生的。”

“哎哟，真够有你的。哪个男生？”

“嘿嘿，第一毛纺厂的帅哥呀。”

“是思奇吧？你还和我耍心机。”

“请问您能把着点儿鼻子底下那道门（嘴）吗？就思奇那样的，怎能入得了我的法眼？快把手套还我，我要送给世界上最重要的人……”

“不对，你这是有情况了。怪不得大家都说你最近变化很大呢。”

“我有什么变化？”

“说不清，反正就是有成熟的味道了。”

“谁有味道啦！”

这天晚上，珠利给公珠写了一封信。

手套是送你的。虽然织得不好，但也是我用真心实意一针一针织出来的。希望能带给你一个生命中最温暖的冬天。

仔细想想，我的高一生活里，处处都有你的身影、你的温度。那天在翻一本去年读过的书时，我意外发现里面夹着我俩掉的头发，感觉像是看到了自己的分身。你能理解看到头发时，我有多感动吧？过去的一年里，是你始终如一地带给我源源不断的感动。

是啊，能拥有你这样的朋友，我是多么幸福啊。

高中时代是不是就像奎恩老师说的那样，是最需要耕耘的人生播种期呢？我们又该如何选择最适合气候和土壤的种子，如何把它们撒向大地？我还搞不清楚。不仅因为我们现在正身处其中，一切都是“现在进行时”，还因为我们种下的种子还没有长出嫩叶新芽。经历过更多的日与夜、雪和雨，还有更多的风霜之后，随着时间的流逝，我们终将触碰到此刻种下的种子结出的果实。

啊，可是，公珠。

我相信，即使我种下的种子没有一颗开花结果，我和你一起种下的友谊之树，哪怕过上十年二十年，依旧会根深叶茂，结出灿烂的硕果。万丈高楼也要一层一层地盖起来，我们共度了高一的时光，之后还有高二、高三，还有更广阔更高远的世界。未来的崭新时刻正一步步向我们走来，我们会积累越来越多的美好回忆。我们不会分开，我们会一直在一起……

此刻，我们正穿越春夏秋冬，一路乘风破浪。

请永远与我同行。

——你一辈子的好朋友 小雀斑

写完信，珠利莫名觉得好像有点儿想念什么，坐在书桌前发了会儿呆。三树家二层的房间里依旧亮着灯。大概只有思奇还没睡，毕竟如果三树还醒着，不可能这么安静。把信塞进手套之前，珠利又加了一句附言。

“附：虽然每天都要好好吃饭好好睡觉，但还是希望你能注意保持体重哦。”

都写好了，她才把手套包好，在邮包上写了公珠家的地址。

放假第二天她就能收到吧。那时，到那时，她一定会开心得蹦蹦跳跳，好像一只大皮球。珠利想象着公珠收到礼物的情景，不禁微笑，心情也跟着激动起来。

终于放寒假了。

今年冬天雪特别多。晚上打开窗，映入眼帘的还是琉璃珠似的满天星斗闪烁不停；早上再一看，不知何时屋顶上已经覆满积雪，一片白茫茫。

家里总是很安静。

珠京的话比以前少了很多，妈妈也一天到晚只知道给爸爸织毛衣。只有珠顺一个人每天出门风尘仆仆，快半夜才回来，脸上笑得好像杜鹃花开，气色红润，皮肤弹力十足。

“好奇怪，大姐变漂亮了好多。”

“这是有原因的。”珠京安静地回答道。

“什么原因？”

“十一点左右到大门口去偷偷看一眼就知道了。”

尽管没有特意偷偷去看，但有一天珠利还是偶然看到了。从文具店回来，时间已经有点儿晚了。一对男女走在珠利前面，看起来挺眼熟。结果这两人躲进巷子一侧的暗影里，两个人瞬间就变成了一个人，原来是紧紧抱在了一起。珠利看得心怦怦直跳，好像和男人拥抱的是她自己似的。她飞快地从他们身边走过，顺便瞥了一眼，这才发现这两人竟是珠顺和一树。

“姐，经常抱抱就会变漂亮吗？”珠利问珠京。

“反正大姐就是这样喽。我不是说了吗？想要知道大姐为什么会变漂亮，就去门口看看。”

“所以……你也看见了？”

珠京没告诉她，真正让人变漂亮的是爱情。不过，珠利通过珠顺，已经自行悟出了“爱情让人变漂亮”的朴素真理。爱情的力量真伟大，珠利想。

入冬以后，最让人揪心的就是爷爷的健康问题。尤其也没得什么病，爷爷就是咳嗽不断，饭也吃不下，成宿地睡不好觉。珠利读小说读到深夜，听见爷爷有气无力的咳嗽声，一声一声咳得她心里好难受。她就去给爷爷揉腿，一揉就是半小时，不揉她自己也睡不着觉。

“爷爷，您第一次见奶奶的时候是什么感觉啊？”

“心里咯噔一下子。”

一提起年轻时候的事，爷爷的脸上就肉眼可见地泛起欢喜来。

“我们结婚当天才第一次见。她涂了满脸的胭脂，脸都看不清。我还以为她是红种人呢。”

“红种人？”

“整个人的皮肤都是红的。”

“嘿嘿，也许奶奶真的是红种人呢？”

“哼，我到现在也没见过比你奶奶皮肤更好的女人。”

“骗人！”

“不信就去问你妈。你奶奶可是全村的这个！”

爷爷说着比了个大拇指，心满意足地笑着，好像还是当初那个少年。不过，很快他就泄了气，每条皱纹里都叠着阴影。时间带给人的，不只有爱。

“爷爷，打起精神来！”

珠利急得直晃爷爷肩膀。

“我又没怎么的，你急什么？”

“那也和以前不一样了。以前你说话好大声，还会体罚爸爸呢。”

“呵，你这孩子。年纪大了，冬天难熬啊。岁月不饶人，没人能例外。”

“讨厌，我不想听你说这种话！”

珠利去挠爷爷的腰，想要呵痒，她自己的眼泪却快掉下来了。爷爷扭扭腰躲过“魔爪”，顺势抓住了珠利的双手。

“珠顺最近怎么样？”

“什么怎么样？”

“和一树的事。”

“就……还挺顺利的。”

“开春就给他们俩把大事办了吧……”

“我的天，爷爷你同意了？”

“我打从一开始就是同意的。”

“上次你不是还反对吗？还说不喜欢他们家奶奶？”

“珠顺嫁的是一树，又不是嫁他奶奶。一树为人礼貌，是个挺不错的年轻人。他奶奶也不过是个直肠子，想什么就说什么罢了……”

“爷爷，你可真会装！”

珠利又挠了爷爷几下痒痒。十二月就这么静静地过去了。

在爷爷的紧急命令下，正月初一这天，三树全家到珠利家里吃了年糕汤。爷爷和三树奶奶、珠利爸爸和他的老同学三树爸爸、一树和珠顺齐聚一堂。这温馨的场面，说是珠顺的订婚仪式也不为过。

三树一口气连吃三碗年糕汤。

“看你吃东西我都要晕过去了。”珠京嘲讽道。

三树好像在场上控球狂奔一样，以风卷残云之势一勺勺往嘴里塞年糕，一球又一球，进个没完没了。

思奇没来。

他爸爸在江原道工作，所以一放假他就去那边了。他坚持每隔三天给珠利寄一封信，风雨无阻。一开始的三四封珠利已读不回，之后她也开始写回信了。两人一来一往，写信的间隔从三天变成两天，又从两天变成了一天。

书信是最好的话语。

思奇的来信堆积如山，思奇说的那些只有珠利能懂的话，累积下来也有山那么高。渐渐地，珠利发现，思奇的话语把她困在了家里。她不去滑冰场，不去电影院，甚至朋友打电话来约她，她也找各种借口坚决不出门，因为去任何地方玩的快乐都比不上在家等待思奇的来信。

三树家的人来珠利家吃年糕汤那天，思奇的信没有来。也许是过节邮递员休息吧，过了两天，珠利一下收到了两封邮件。一封是一张明信片，另一封是普通的信。明信片上印的是雪岳山的远景。

珠利先拆开那封有信封的信。

珠利，今天是除夕。

我以祈祷的姿势坐了半个多小时，不停地合掌祈求。我想，如果我们能求得更多的时间，那该有多好。再过二十多分钟，我们的时间就又要翻过一页了。新年，多么美好的词语。如果地球的公转周期不是一年而是一百年，那么一个人从生到死，可能一辈子都没迎来过一个新年。哦，那该有多么不幸？

我现在最想做的就是向地球一年一次的公转周期表达无尽的感谢之情。我们迎来一个新年，如同收到一页未知的礼物。更何况我们正年轻，比起已经过去的岁月，未来的岁月仍旧无限长。在这未知的崭新一页上，没人知道我们会画什么、画成什么样子。我们只能静静期待，身体微微颤抖，放轻脚步，等待未来到来。未知的新篇章里，无论我们是何种形貌，都是由我们自己亲手绘就，这一点我确信无疑。

这一切是多么美好啊。

我们画的不是别人，而是在纯白无瑕（因为我们还没有使用过新一年的时间）的时间画布上画下的我们自己，用我们自己的手。无论画得好与不好，我想都没什么大问题。就算画得不好，也是我们自己的创作，是我们最重要的作品。

现在，还剩五分钟。再过五分钟就是新的一年了。我决定静静地打开窗户，骄傲而谦卑地，迎接我的新年。

珠利，这一年即将翻过的这一页里，画着你。

不是你的自画像，而是我在心中为你画的一幅未完成的肖像。新的一年，我将如何完成这幅画？哦不，我能完成吗……不过，我始终无所畏惧。无论何时何地，无论我在做什么，我都觉得你与我同在。我相信，未来的日子必将是美好的。

再会。我会再给你写信的。

——雅淡地趴着写信的思奇于东海

珠利翻来覆去把这封信读了一遍又一遍，越读越能从字里行间看到思奇清澈又睿智的目光。那个在东海附近太白山麓某处趴了一个月，每天夜里都像星星一样醒着的家伙。

“你最近有情况啊。”珠京看着发呆的珠利，冷不丁说了一句。

“看看，我就说了一句，脸都红了……”

“闭嘴啦！”

“早熟可不是什么好事。”

“你说什么呢？”

“你知道刚刚你的眼神什么样吗？活脱脱就是个等待情郎的成熟女人。”

“瞎说什么成熟不成熟的！”

珠利的声音一下提高了八度。

“哎哟，看看，看看，神经也过敏了啊。”

“你再这么说别人，自己不痛快的日子也不远了。”

“竟然还敢威胁我。不过近来你的气势可大不如前哦。”

珠利没再回嘴。现在她没有打嘴仗的心情。

她来到院子里。爷爷正站在树叶落尽的银杏树下发呆，如同一段干枯凋萎的树桩。珠利心中十分酸涩，寒风仿佛也吹进了心里。名为时间的魔术师，带给人们的不仅有祝福，还有死亡与毁灭。对爷爷来说，时间即意味着死亡与毁灭之痛。

公珠突然出现在了珠利家的大门口。

最近她又胖了不少，和“癞蛤蟆”三树放在一起，两人的体形简直丝毫不差。她摇摇摆摆地进了院子，一屁股跨坐在冻得硬邦邦的塑料椅子上。

“找我有事？”珠利无精打采地问道。

“你这家伙，竟然问我找你什么事？”

公珠听了，两手一叉腰，语气颇带责备。

“你吃错药了？怎么一见面就跟没了娘的老虎崽子似的

对我这么凶？”

“你这张小嘴倒是挺会说话。现在都几点了，你连出门的衣服都没换，还在这儿优哉游哉的。不是你说的……”

“和现在几点有什么关系？”

“我的天，你可真是……你今天不去智英家了？”

“糟糕！”

珠利肩膀不由得一震，这才想起来，今天是智英的生日，大家约好了一起聚会，她竟然忘了个一干二净。见她这样，公珠像上年纪的女人那样咂了咂舌头。珠利飞快地换好了出门的衣服，先和公珠一起去逛街。

“得给智英买个礼物。”

“买什么好呢？”

“买张唱片？”

“每次送礼物都是唱片……”

公珠翻了个白眼，男孩子气得一拍大腿。

“给她买遮光板如何？”

“遮光板？”

“就是小内内啦。你买几条一号遮光板（内裤），我来买二号遮光板（内衣）！”

“你可真是的，脑子里装的都是些什么上不来台面的东西啊？”

“哎哟，这有什么上不来台面的？唱片呀，钢笔呀，这些司空见惯的东西，别人肯定也买了。女生的内衣可不嫌多……不仅如此，这种礼物还能增进彼此间的亲密友谊，这不是一举两得吗？”

珠利一听，也觉得有道理。于是，两人走进了一家进口货品商行。

“也不知道她穿多大的，怎么办？”

“她和你身材差不多，臀围可能比你大一些。”

公珠在商店里简直像个中世纪骑士，纵横捭阖，指挥若定。

两人买好礼物到达“泡面头”智英家时，比约定时间晚了一个小时。众人已经切好了蛋糕，正在弹着吉他唱歌呢。迟到二人组遭受了几句口诛笔伐，可等到打开礼物，所有人都欢呼了起来。

“嘿嘿，你找个地方换上，穿给大家看看。”

“废品”美林一手内衣一手内裤，开起智英的玩笑来。

“美林！你等着，看你过生日的时候我送你什么！”

“我没问题，毕竟我有这个本钱呢……”

美林捂着自己胸口，做出一副苦情纯爱剧女主角的表情。大家笑成了一团。

“就欠让奎恩打你一顿手板。”慈景说。

“凭什么打我？”

“奎恩不是反复强调过嘛，这个年龄的人必须诚实正直，说假话就等同于不纯洁，他是不是这么说的？你有本钱？这可是在虚假宣传自己的身体，还不得狠狠打你几下。”

“话说回来，奎恩最近心情好像不错，都不怎么打手板了呢。”

“心情不错？”

“他这个棒球手连投三次坏球（女儿），这回放寒假，师母终于接到了一个好球（儿子）。”

“哎哟，我的天，看看你这没出息的样子。怎么儿子就是好球了？我宣布，因涉嫌侮辱妇女，你被逮捕了。”

虽然窗外的气温在零下，但几颗刚满十七岁的心聚在一起，房间里的气氛火热异常。

“我们都要十七岁了。”

“马上就人到中年（高二）了……”

“不知怎么，现在和初中时差不多，寒假也是这么没意思。”

“空虚啊……”

“孤单啊……”

“好想哭啊……”

房间里忽然安静下来。本来是开玩笑说出的几句话，却在几个人心里留下悠长的余韵。空虚、孤单、想哭，这些感觉到底从何而来？为什么心中明明热情如火，却还能感受到无法弥补的一块空缺？

“我们唱歌吧。”

“泡面头”智英说着像搬行李一样拿起了吉他。

大家用各自最舒服的姿势背靠背坐着，低低地跟着吉他唱起歌来。未来的憧憬，过往的伤感，随歌声流淌在每个人心中。充满无尽回忆的70年代一去不回来。那些时间都流向了何方？那一切回忆，又留在了何处？

“点燃篝火，你我面对面，我们的故事还没讲完……”

街上灯火寥落，冬天如古堡的主人一般，巡视着他的领地。

又是一年开学。

大家收到了一个令人难过的消息：“担架”校长要退休离校了。比起其他同学来，珠利和公珠心中更是感慨万千。但开学分班考试近在眼前，开学后整整一个星期，她们都顾不上想别的事。

“公珠，考试加油！”珠利紧握着公珠的手说道。

“我真的好伤心！”

“因为校长退休？”

“不仅仅是这个……我还想，要是高二我俩没分在一个班可怎么办？”

“那就每天在走廊碰面，然后一起去小卖部约会喽。”

“珠利，没有你我可怎么活啊。”

公珠眼中真的盈满了泪水。

考试还算顺利地结束了。考试时，“担架”校长在安静的走廊里背着手缓步巡视，一如往常。珠利答完卷，听着他远去的拖鞋声，心里某个地方变得湿漉漉的，升腾起悲伤的雾。

一个星期很快就过去了。

班主任“奎恩”老师叫珠利去帮忙打分算成绩，一个星期又跟一阵风似的过去了。

学校召开了上一学年总结大会，同时也是“担架”校长的退休欢送会。偏偏这天从早上开始天就是阴的。“担架”校长穿着洁白的衬衫，配黑色单排扣西装，端坐在台上。他干瘦的颈项、布满皱纹的额头、温暖沉静的双眸，无不饱含着他从教四十余年来不畏独行的执着。

接受了学生代表赠送的纪念品之后，“担架”校长静静地来到话筒前。天气很冷，但两千余名学生没有一个人做小动作。

“担架”校长怔怔地望着学生们，出了一会儿神，站在那里宛如一棵冬天的老树。珠利想，萧瑟的寒风也许正吹过他空荡荡的胸膛。

校长真的好亲切，就像自己的爷爷一样。

他永远不徐不疾，如同静水流深，将一生奉献给讲台。他的每一个表情，每一句话语，都让学生终生难忘……过去一年间与校长接触的点点滴滴浮现在珠利眼前，历历如新：去年三月，她和副班长智英打赌，在早操时假装晕倒，校长抱住她焦急大喊“担架，担架！”的声音；校长踩到为捉弄“洛基”老师而准备的水盆，手忙脚乱的样子；为了去公珠那里买鸡蛋而特意带了个大皮包来学校的暖心善举……“您把包给我，我替您去买吧。”她想代劳跑腿，校长却说：“不用。第一次买，我想自己去看看。”

然而，现在“担架”校长也要离开学校了。仅仅因为年龄这种纯客观因素，校长就不能陪伴大家一起成长。即使同学们都不希望他走，他也不得不告别讲台。

“今天是一个让我感慨良多的日子……”

终于，扩音器里传出了“担架”校长略微低沉的声音。

“不过，今天站在台上，我最先想到的，却是上个学期‘贞’字班同学发起的‘友谊之蛋’行动。”

全校同学的目光都无声地投向了珠利她们班这边。

“担架”校长轻咳了一声，继续说了下去。

“在我四十多年的教师生涯中，没有比这更令人感动的经历。首先，这次行动完全由大家自发组织；第二，所有同学都积极合作，没有一个例外；第三，大家的行动感动了社会，也取得了圆满的结果。所以，在做临别致辞前，我要先给大家颁一项今天大会议程上没有的奖。不，也不能说是奖，更确切地说，只是我的一点儿小小心意。我想和大家一起分享这份小礼物。”

“担架”校长弯腰拿起了他的那个大皮包。教务主任赶忙上前去帮忙，却被他推开了。校长走下台，来到“贞”字班的队伍前，从包里掏出什么东西，开始分发给同学们。

大家叽叽喳喳地议论起来。

“是鸡蛋呀……”

站在前排的公珠低低地自言自语，泪水已经在眼眶里打转了。

真的，“担架”校长把包夹在肋下，一个一个地从里面掏出鸡蛋，边送边往队尾走。校长此举看似无聊又可笑，但没有一个人笑。两千余名学生与六十余名教师都为校长如此单纯的举动所感动，此刻所有人的心都凝聚在了一起。

然而，当“担架”校长走到“贞”字班队尾的时候，又出了事。

队伍突然乱了。刚接过校长递来的鸡蛋，“小雀斑”卜珠利就晕了，倒在了校长的怀里。校长下意识地丢下皮包，抱住了珠利。

不仅仅是一个拥抱。

和去年春天阳光明媚的早操时分一样，校长费尽全身力气抱住珠利，慌忙大喊“担架，担架！”。也就是在这个时候，刚才晕过去的珠利睁开了眼睛。她的双眼被露水打湿了。极短的一瞬间，两人的视线在空中交会。

“校长，再见！”

珠利飞快地悄声吐出了这几个字。同学们围拢过来，从校长手里接过了珠利，却没有一个人看到珠利睫毛上凝结的那一滴露珠。

珠利被临时安置在了操场后面紫藤花树下的长椅上。等同学们都回到操场上，她才小心地直起上半身，背对着主席台坐好。

扩音器里校长洪亮的声音穿过操场，传到耳边。相隔太远，珠利听不清他讲的究竟是什么。她透过低矮的栏杆去看校园外的街景，每条巷子都空荡荡的，在白日的静寂中如此雅致、祥和。

珠利抬起了头。

紫藤树的枯枝间，可以看见灰色的乌云，要下雪了。眼前蓦然浮现出一个顶着一头蓬松长发的男子形象，是午休时经常坐在这张长椅上的“洛基”老师。在这里，他告诉珠利打败“癞蛤蟆”的“秘诀”；在这里，刚与珠京分手的他，额头上笼着一层阴影；也是在这里，在初秋的阳光下，他们一起看着排球队的队员们大汗淋漓地在操场上跑圈。

此刻，“洛基”老师在做什么呢？

也许他正漫步在雾气弥漫的塞纳河畔，如同被遗弃的孤儿般寂寞孤单。如果有人在他身旁，也许能像个可爱的恋人那样，稍稍抚慰他的忧伤……

珠利起身，靠在老藤树的树干上。

起风了。乍暖还寒时候，风依旧是冷的。春天快些来吧，珠利想着。春天来了，我们瑟缩了整整一冬的意识，就会如晨光般一身清新地苏醒过来。还有，最重要的是，思奇为了提前一天回去参加结业式，昨天回了乡下老家，很快就要回来了。这个三月将萌生许多新芽，她已经预感到了。

“春来了，漫山遍野的金达莱开了……”

珠利低声哼着歌。她没穿外套，单穿着一身校服，竟然一点儿也不觉得冷，因为她心中满怀着对崭新春天的期待。还有，她拥有着如期待般美妙的、正在苏醒的十七岁青春。

“我们迎来一个新年，如同收到一页未知的礼物……”

她想起新年时思奇信里的句子。

“更何况……我们正年轻，比起已经过去的岁月，未来的岁月仍旧无限长。在这未知的崭新一页上，没人知道我们会画什么、画成什么样子……”

的确如此。

珠利紧紧拥抱住老藤树。她把耳朵贴在树干上，听到了吹过树梢的风声，仿佛有人从远方走来。那脚步声像是思奇，也像是春天，又像是未知的一页新篇章激动颤抖着来到她面前——是她的十七岁正欢欣鼓舞地走向她。

珠利轻轻摇了摇老藤树。

老藤树不动如山。“你看，我独立在风中。”它对她说，“任时光流逝，我在风中从未动摇。为了给穿校服的少女提供一整个夏天的荫凉，我这棵老藤树不折不弯，永远保持高洁的品质和对自己的要求……”珠利想，在老藤树冰冷的树皮下，它的树汁，它的血液，一定正在热情地奔淌。她也想到了命运的低语，还有，她知道，她现在已经踏上了漫长的人生旅途。哪怕一路风吹雨打，她也要在这条命定的道路上，一直走下去……

莫名其妙，她的双眼噙满了泪水。

操场上传来一阵掌声。六十五岁的校长擦去脸上的泪痕，走下台来。

【全文完】

作者后记

《小雀斑和豆饼脸》是我很久以前创作的一本小说。那时我在一所女中担任语文老师，正处在职业生涯的末期。此书出版后，很快就成了畅销书。当时很多十几岁的青少年都非常喜欢这部小说。直到现在，偶然遇到年纪稍长的中年女性，她们还会第一时间提起《小雀斑和豆饼脸》。每当此时，她们沾染岁月风霜的面庞上都会浮现出某种梦幻色彩，她们的神情是那么喜悦、满足。

完成这部小说后，我辞去教职，成了一名全职写作者。我的学生当时生活并不富裕，但她们的性格都像阳光一样温暖灿烂。现在要问我是与她们共度的时光更幸福，还是成为作家后每天沉浸在写作中，心情反复起起落落更幸福，我还真是一时难以回答。

我当班主任时的学生就是这本小说的主人公原型，这一点并非虚言。当初在现已停刊的《女学生》杂志上连载这一则故事的时候，每月杂志出刊，我都要听取学生们阅读后的感想，向她们请教那个时代学生群体专用的“隐语”。往事一幕幕犹在眼前，比起我的个人创作来，这本书更像是我们的集体创作。再版前，我曾经犹豫过，毕竟是陈年旧作。但最终我还是无法舍弃它，因为这本小说里有着太多的回忆与温馨。

当年那些阳光少女，如今散落何方？而她们又成了什么样的人？

如果正在阅读这本书的你只有十几岁，那么你可以通过它去体验你母亲学生时代的生活。此刻重读，会发现那时生活虽苦，孩子们却依旧灿烂如春花，清澈似甘泉，我是如此想念她们。你也可以比较一下，是你的学生时代更充实，还是小说里描写的你母亲辈的学生时代更充实。无论岁月如何变迁，我相信十几岁的灵魂永远纯净，永远闪耀着灿烂的光芒。愿此刻你的灵魂也与小说中的少女一样，如三月阳光，若四月春花，像一眼永不干涸的深井，永远涌出清冽的水流。

朴范信